Linda Benedikt, geboren 1972 in München, studierte Politik in London und Haifa und arbeitete viele Jahre als freie Journalistin. 2013 erschien ihre Erzählung *Eine kurze Geschichte vom Sterben*, 2015 ihr Roman *Der Rest ihres Lebens*. Linda Benedikt lebt in München.

Rebecca Pozzan, geboren in Italien, wuchs an der Südküste Englands auf. Ihr Studium der Illustration an der Central St Martin's School of Art and Design in London schloss sie mit einem BA Erster Klasse ab. Heute lebt sie in Brighton und arbeitet als Illustratorin und Floristin.

Linda Benedikt

KATZEN DUSCHEN NIE!

Geschichten

Für meine Amsel.
Und alle anderen Amseln dieser Welt.

Für meinen Toni.
Verzeih mir die Indiskretionen,
aber ich bin nimmer jung,
und wir brauchen das Geld.

Für meine nichtmeine Uta.

Es ist schon alles gesagt, nur noch nicht von allen.

Karl Valentin

INHALT

Ende der Toleranz *11*
Gehobener Durchschnitt *14*
Honeymoon, kurz *17*
Überintelligenz *19*
Das Schnäppchen *22*
Eifersucht *26*
Alkohol *29*
Vorauseilende Trauer *33*
Finanzen *35*
Antipathie *38*
Der Schwarze Peter *41*
Albträume *45*
Kindheitserinnerungen *49*
Damenbesuch *53*
How do you do? *56*
Eine Art Hamster *58*
Diese blöde Geschichte! *62*
Sommer *65*
Hungary *69*
Hausfrau *72*
Big Bissness *76*
Fasttrennung *80*
Amsel singt *83*
Eine einzige Enttäuschung *86*
Aloffs Hitler *91*
Macht was! *95*
Mensch ärgere Dich nicht! *98*
We don't bring you blätters no more *101*
Prioritäten *104*
Sicher? Sicher! *107*
Irreparabel *110*
Der Sonnenkönig *113*
Meanwhile in heaven ... *116*
Ein Happy End *119*

ENDE DER TOLERANZ

Ich glaube, mein Kater ist homosexuell.
Das kann ich ihm nicht vorwerfen, es ist halt so. So was sucht sich ja keiner aus.
Dabei habe ich *extra* eine Katze und einen Kater!
Wenn meine Katze Amsel und ich am Sonntag die Samstagsspiele nachspielen, mit Ecke, Hacke, Tor und viel »Robben! Robben! Ribéry!«-Rufen und Fallrückziehern und »Schiridudepp!«-Empörung, steht mein Kater Toni immer ein wenig abseits und schaut so komisch.
Sobald er den Ball bekommt, vertändelt er ihn, verstolpert ihn ins Seitenaus. Und bei dem kleinsten Rempler kiekst er: »Aua! Foul! Pep! Auswechslung!« (Wir spielen ausschließlich FC Bayern gegen die anderen und ausschließlich mit Pep Guardiola als Trainer.)
Manchmal foult ihn die Amsel absichtlich, dann schau ich absichtlich nicht hin und wechsle ihn auch nicht aus.
Ich bin Schiedsrichter, Pep und Seitenaus in einem, die Amsel ist am liebsten Arturo Vidal, Robert Lewandowski und Manuel Neuer. Der Toni müsste eigentlich den Costa, den Boateng und den Müller machen, was echt nicht so schwer ist, aber er will ein-

fach nicht. Er mag immer nur »Duschen nach dem Spiel« spielen. Ich schrei ihn dann regelmäßig an, dass das ein ganz, ganz blödes Klischee ist und Katzen sich nie duschen, also wirklich niemals.

Dann war da die Geschichte mit dem Silberkettchen. Von irgendeinem geheimen Ort in meiner Wohnung tauchte plötzlich dieses Silberkettchen auf. Ich nahm es und wollte es der Amsel schenken, die gerade am Wohnzimmertisch noch fehlende Spieler in ihr Panini-Sammelalbum einklebte, aber sie war nicht interessiert. »Ich mag keine Kettchen, nur Ringe«, sagte sie.

Das wiederum hörte der Toni, der lesend auf dem Sofa lag. Augenblicklich warf er sein Buch zur Seite und rief: »Ui, was für ein entzückendes Kettchen! Kann ich das bitte eventuell sofort haben?« Und schon hatte er's gehabt, und weg waren er und das Kettchen.

Nur noch mit dem Kettchen spielt er, nur mehr das Kettchen lässt er an sich heran, legt es sich um den Hals, setzt sich vor den Spiegel und schnurrt strahlend und ganz und gar verzückt.

Und dann hat er tatsächlich mit mir geduscht.

Ich war bereits nackig (Amsel und ich hatten gerade eine sehr intensive Trainingseinheit hinter uns), als der Kater ungefragt auf meine Schulter sprang. Wenn ich nackt bin, diskutiere ich prinzipiell nicht; ich bin ohne Bekleidung nicht sonderlich überzeugend. Also nahm ich ihn mit unter die Dusche.

Das Peeling war dann seine Idee, die Gesichtsmaske und die Maniküre auch.

Neulich habe ich beim Putzen hinter dem hintersten Heizkörper in der Küche ein zerlesenes Exemplar eines Katzenkontakthefterls (»Tom meets Cat«) gefunden. Einen Bürschi, einen Maxi und ein Katerle hatte er rot angekreuzt.

Wie gesagt, ich nehme ihm seine Veranlagung nicht übel, aber Herrenbesuch kommt mir deswegen trotzdem nicht ins Haus. Niemals.

GEHOBENER DURCHSCHNITT

Dabei war das nicht abzusehen gewesen.
Ich hatte schließlich nichts dem Zufall überlassen.
»Und wie wär die da?«, fragte der Peter.
»Ich weiß nicht recht ...«
Seit drei Wochen suchte ich mit meinem Freund Peter übers Internet nach einer passenden Katze für mich.

Peter und mich verbindet eine lose Freundschaft, die auf der gemeinsamen Bekanntschaft mit einer Dame namens Ulla fußt. Als Bekannte taugt sie recht gut, finde ich. Als Geliebte, findet der Peter, ist sie durch und durch unseriös.

Und weil ich ihm die Ulla einst vorgestellt habe, kommt er jetzt immer mit seiner »Weißt du eigentlich, was deine Freundin Ulla wieder gemacht hat?!«-Verzweiflung zu mir. Zum Ausgleich hilft er mir bei der Erledigung von praktischen Dingen: Glühbirnen wechseln, Druckerprobleme und jetzt eben mit der Katze.

Peter war entnervt, weil mir keine Katze wirklich gefallen wollte.

»Jetzt sei halt nicht so«, sagte ich, »ich glaub bloß nicht, dass eine Ragdoll für die Wohnungshaltung geeignet ist. Besonders nicht im fünften Stock!«

»Das hast du bei der Sphynxkatze auch behauptet. Dabei stand bei der überhaupt nichts von Problemen bei einer Etagenwohnung ...«

»Ich bitte dich, Peter! Eine nackte Katze!«

»... und bei der Perserkatze hast du geschrien, dass die zu viel haart!«

»Aber es muss doch, bitte sehr, ein Mittelding geben zwischen einer Katze, die mir die Bude vollhaart, und einer geradezu schamlos nackigen Katze!«

»Dann nimm halt die mit dem kurzen Fell aus Kroatien«, meinte Peter zunehmend erschöpft und öffnete eine weitere Bierflasche.

»Ich hol mir doch keine Katze aus einem früheren Bürgerkriegsland ins Haus! Weiß der Teufel, was die für Traumatisierungen mitbringt!«

Gegen Mitternacht rief Peter, der schon ganz zerraufte Haare und einen bierroten Kopf hatte, voller Verzweiflung aus: »Aber du willst doch nicht heiraten, sondern einfach nur eine Katze!«

Dann sagte er: »Mach doch, was du willst! Ich schau jetzt noch bei der Ulla vorbei!«, und ging.

Ich suchte unverdrossen weiter.

Aber alle Katzen, die ich fand, waren entweder alt, hatten einen katatonischen Gesichtsausdruck oder kamen aus einem Viertel, welches mir für eine Schriftstellerkatze unpassend erschien (»Was? Sie haben sich eine Katze aus Trudering geholt? Also, meine ist aus Schwabing ...«). Auch wollte ich plötzlich eine ganz neue Katze, nichts bereits Angelebtes, Angebrauchtes.

Zwei Stunden später stieß ich auf einen nigelnagelneuen, wunderhübschen gestreiften Kater.

Er war adelig, hatte diverse wohlklingende Namen (Antoine Jacques Henri Roi du Soleil), eine französische Mami und wohnte im Münchner Westen. Außerdem war er recht teuer.

Am nächsten Mittag fuhr ich, nach einem langen telefonischen Vorgespräch mit seinen Besitzern, im Taxi hinaus zu einer Villa in Pasing. Dort begrüßte ich höflich sein Frauchen, streichelte seine Mutter und schaute ihm eine Weile beim tollpatschigen Spielen mit seinen entzückenden Geschwisterchen zu.

Dann nahm ich ihn sacht in meine Arme, bat ihn, sich von seiner Mami zu verabschieden – was er brav tat (*Au revoir, Maman! Je t'aime!!!*) –, und fuhr mit einem weiteren Taxi zurück zu meiner Wohnung. Dort setzte ich ihn ab, sagte: »Willkommen daheim!« und »Auf gute Zusammenarbeit!«, und ordnete des Nachmittags seinen Stammbaum in mein Familienbuch ein.

Der Kater trank, der Kater aß, er spielte mit meinen Schuhbändern und schaute interessiert den Vögeln im Innenhof zu. Am Nachmittag war er dann plötzlich verschwunden, und ich suchte ihn panisch unter dem Tisch, dem Sofa und hinter dem Abfalleimer. Nach der Tagesschau fand ich ihn endlich, er schlief in meinem linken Stiefel.

Die erste Nacht war grässlich, da er sehr unter Heimweh nach seiner Mutter litt, doch schon am nächsten Morgen schien er sie vergessen zu haben.

So weit, so glücklich.

HONEYMOON, KURZ

Die nächsten Tage verliefen eigentlich recht fröhlich.
Wir spielten Kitzeln, Verstecken und Hasch-Mich, hörten meine sämtlichen alten *Pumuckl-* und *Räuber-Hotzenplotz*-Platten, und nachdem er mich dreimal hintereinander bei der Aussprache seines Vornamens korrigiert hatte (»Enri, das H ist stumm!«), taufte ich ihn ohne größeren Protest in Toni um und ließ alle andere Namen einfach weg.

Wenn ich an meinen Geschichten schrieb, rollte er sich auf meinem Schreibtisch zusammen, schnurrte zufrieden im Takt der Computertastatur, und wenn ich fertig war, fragte er höflich: »Schauen wir jetzt Vögel, bitte?«

Dann trug ich ihn auf meinen starken Armen auf den Balkon, setzte ihn in seinen Kinderwagen und wir schauten Vögel.

Abends spielten wir Mau-Mau, Mikado oder Quartett, und zum Schlafengehen las ich ihm aus dem Telefonbuch vor: Die Einträge zu XYZ hörte er am liebsten.

Aber sehr bald war ihm das nicht mehr genug, und unsere Unterhaltungen wurden zunehmend anstrengend.

»Wie heißt dieser Vogel?«, fragte er mich eines Morgens. (Außer Amseln kannte ich nichts, also waren alle Vögel Amseln.)
»Warum heißt die Amsel Amsel?«, wollte er am Mittag wissen. (Keine Ahnung.)
»Warum hast du rotes Fell, aber bloß am Kopf, und ich überall schwarz-graues?«, interessierte ihn am Nachmittag. (Weil dem lieben Herrgott bei dir die Farben ausgegangen sind?)
»Ist die Erde wirklich rund?«, zweifelte er am Abend. (Was für eine Frage!)
»Können wir denn nicht mal eine Oper hören, Pumuckl und Hotzenplotz gehen mir langsam, aber sicher auf den Zeiger«, behauptete er die nächsten Tage über ständig. (Ich besitze keine Opernplatten.)

Ich rief den Peter an. Der hatte aber keine Zeit, weil ... »Gleich kommt die Ulla!«

Darum rief ich bei einer Tierärztin in der Nähe an und machte einen Termin für die nächste Woche aus.

Damit der Kater, dessen intellektueller Horizont schier stündlich wuchs, bis dahin beschäftigt war, lud ich ihm alle Shakespeare-Dramen aus dem Internet herunter und zählte die Stunden.

ÜBERINTELLIGENZ

»Herein!«, sagte eine rauchige Frauenstimme. Vorsichtig öffnete ich die Tür und setzte mich schnell auf den Stuhl gegenüber der Frau hinter dem Schreibtisch.
»Sie müssen mir helfen, Frau Doktor!«, stieß ich hervor. Und schon begann ich haltlos zu weinen.
»Um Gottes willen, was ist denn passiert?«, fragte die Tierärztin. Ohne Punkt und Komma brach es aus mir heraus.
»... jetzt ist er auch noch zum Frühaufsteher mutiert, wo doch Katzen angeblich immer schlafen. Aber der schläft fast nie!«
Ich schluchzte laut.
»Und allein ist er auch nicht gern, und ich muss mir doch am Markt ein Zubrot verdienen, von der Schriftstellerei kann doch keine Sau leben ...«
Die Tierärztin reichte mir ein Taschentuch.
»Danke! Dabei kann man den keine fünf Minuten allein lassen! Keine fünf Minuten!«
Mich schüttelte erneut ein Heulkrampf.
»Letzte Woche hat er, als ich kurz Zigaretten holte, das Badezimmer unter Wasser gesetzt: Er habe mal schauen wollen, wie

viel Wasser in so eine Wanne passt ... Die ganze Wohnung überschwemmt, Frau Tierärztin! Und dann sagte er nur: ›Entschuldige, Amanda, aber laut meinen Berechnungen hätten wirklich 142 Liter hineingehen müssen, die konkaven Seitenwände hatte ich nämlich auch ...‹«

»Ach herrje!«, meinte die Tierärztin.

»... und jetzt sitzt er an einem Reklamationsbrief an die Badewannenfirma.«

Je mehr ich redete, desto untröstlicher wurde ich.

»›Warum ist blau eigentlich blau und nicht rot?‹, fragt er. Und wieso ich nicht mal einen Bestseller schreiben würde, andere Autoren könnten das ja schließlich auch!«

Ich schnäuzte mich.

»... und dann rattert er die Namen der Autoren runter, die jemals einen Preis für eines ihrer Bücher bekommen haben! ... In ganz Europa, verstehen Sie, europaweit seit 1947!!!«

Nun war ich nicht mehr zu bremsen.

»Frau Tierärztin, ich habe mich blenden lassen: gutbürgerlich, ausländische Mutter, wunderhübsches Äußeres ...«

Ich bekam einen Schluckauf.

»... dabei bin ich nur eine einfache Schriftstellerin! Ich hab nicht studiert und auch sonst nichts Gescheites gelernt. Und jetzt das! Der Kater ist erst 14, in Worten vierzehn, Wochen alt! Wo soll denn das noch hinführen?«

Die Tierärztin schaute mich minutenlang schweigend an und sagte dann: »Sie brauchen unbedingt noch eine Katze!«

»Noch eine Katze? Sind Sie verrückt?«

Aber die Tierärztin war unerbittlich: »Unbedingt!«
»Aber wieso denn? Kann man dem nichts geben? Gibt es da keine Medizin?«
»Ihrem Kater ist schlichtweg langweilig. Der braucht einen Artgenossen.« Gewichtig schob sie hinterher: »Kater in Einzelhaltung entwickeln sonst gerne mal eine Überintelligenz.«
»Überintelligenz? Bei Katern?«
»Besonders bei den gestreiften!«
»Am besten«, sagte die Tierärztin noch, »Sie nehmen sich was Gepunktetes. Und weiblich. Da ist die Gefahr minimal.«
»Ehrlich? Und geht die Besserwisserei dann auch wieder weg?«
»Sie wird zumindest nicht schlimmer«, sagte sie.

Da bedankte ich mich überschwänglich bei der Tierärztin, bezahlte 142,30 Euro für die viertelstündige Konsultation und rannte nach Hause.

Ich hatte noch nicht einmal meine Schuhe ausgezogen, als der Kater mich ansprang mit: »Hättest du gewusst, dass die Quantenphysik allein auf der Annahme beruht, dass ...«

Kurzerhand bröselte ich ihm eine Schlaftablette in seine vorgezogene Gute-Nacht-Milch. Ich brauchte Ruhe und wollte an meinen Computer.

Meine Suchanfrage lautete: »Katze, weiblich, Punkte«. Schon nach 2, 3 Sekunden wurde ich fündig.

DAS SCHNÄPPCHEN

Die zukünftige Zweitkatze wohnte in einer trostlosen Wohnungssiedlung im Süden der Stadt.

Die Gegend hatte keinen guten Ruf und war von Penny- und Norma-Märkten durchsetzt. Weiterführende Schulen gab es nicht, und nur wenige Menschen in diesem Viertel hatten Deutsch als Muttersprache.

Der Besitzer hatte außerdem Stein und Bein geschworen, dass die Katze nicht gestreift war.

In der schlicht eingerichteten Wohnung im 23. Stock gab es kein einziges Buch, und es roch nach russischen Eiern und Honig.

Die kleine Katze lag in einer verbeulten, mit Zeitungspapier (nur Wochenendanzeiger!) ausgestopften Bananenkiste. Sie war eigentlich ganz weiß, hatte aber am Kopf einen ins Auge fallenden braunen Punkt, am Schwanz einen schwarzen und dazwischen noch andere kleine Punkte.

»Und die kann garantiert nicht rechnen oder lesen?«

»I wo! Die ist ganz dumm. Liegt immer nur in der Gegend rum und schaut Löcher in die Luft. Und zweimal am Tag sagt sie miau-miau! Wenns hoch kommt!«

»Und heimlich gestreift ist sie auch nicht?«

»Nein, nein, die hat nur diese mageren Punkte!«, versicherte mir der Mann.

»Also gut«, sagte ich, »dann geb ich Ihnen einen Zwanziger. Weil ... besonders ansehnlich ist sie ja nicht ...«

»Ich wollte eigentlich fünfzig ...«, murmelte der Mann.

Da schaute er sich die Katze nochmals genauer an, sah, wie sie nervös zwinkerte, besah sich ihr zerzaustes, struppiges Fell und die Flecken darin und lenkte dann ein: »Also, meinetwegen ...«

Da gab ich ihm das Geld, klaubte die Katze aus ihrer Kiste, drehte sie links herum und rechts herum, hielt sie am Schwanz und an den Ohren (überhörte dabei ihr: »Sie, hallo, du da, lass mich runter!«) und tatsächlich: nirgendwo auch nur der Hauch eines Streifens.

Also stopfte ich sie mir unter meinen Pulli, nahm die U-Bahn und fuhr nach Hause.

Daheim setzte ich die kleine Katze, die ich Amsel nannte, dem Kater vor die Nase.

»Was ist denn *das*? Was soll ich denn *damit*?«, fragte er pikiert.

»Reden, spielen, raufen! Was kleine Katzenkinder halt so miteinander machen«, sagte ich. »Aber mach sie nicht gleich kaputt!«

Dann setzte ich mich an meinem Schreibtisch und arbeitete.

Ab und an hörte ich kindliches Gekreische und fröhliches Gackern, herzliches Geschäkere und wildes Um-die-Wette-Rennen. An diesem Tag stellte mir der Kater weder eine Frage noch erklärte er mir die Welt.

Am Abend ging ich selig in mein Bett, freute mich über das Schnäppchen und die gelungene Lösung meines Problems.

Am nächsten Morgen wurde ich allerdings früh geweckt.

»Amanda! Aufstehen! Uns ist langweilig!«, plärrte es zweistimmig in meine verschlafenen Ohren.

Von da an hatte ich keine ruhige Minute mehr.

EIFERSUCHT

Ich bin ein wirklich eifersüchtiger Mensch. Das ist nicht schlimm, die Hauptsache ist doch, man hat überhaupt ein Gefühl. Aber eine Spezialistin auf diesem Gebiet wollte ich eigentlich nie werden.

Noch im Bauch, so erzählte es mir mein Vati, soll ich, sobald meine Mutter meine großen Schwestern umarmte, protestierend gegurgelt und sie getreten haben. Dabei flüsterte ich immer »Wehe, wenn ich erst mal da bin!« durch den Nabel hinauf zu meiner Mutter, dass es der schon angst und bang wurde.

Wenn ich jetzt ein neues Buch mit meinem Verleger mache und er die ganze Zeit nur von dem übernächsten Buch schwärmt, welches er mit einem anderen, völlig unwichtigen, uninteressanten Autor macht, dann bekomme ich regelmäßig rote Backen vor lauter Eifersucht und manchmal sogar Schnappatmung.

Aber gegen den Toni – also, gegen den Toni bin ich in Sachen Eifersucht ein Nichts, ein armseliges Nichts!

Sobald man die Amsel anfasst, nein, eigentlich schon, wenn man nur daran denkt, dass man eventuell Lust hat, sie innerhalb der nächsten halben oder auch Dreiviertelstunde zu streicheln, dann fängt sie sofort zu schnurren an. Sie schnurrt wie ein Traktor.

Und sofort ist der Toni da. Egal, wo er gerade ist, egal, was er gerade macht (das *Streiflicht* in Versform bringen, seine Ketterlsammlung sortieren, ZDF-Mittwochsfilm in der Mediathek schauen), der Toni steht da wie eine Eins und schaut drein wie ein liebeskranker falscher Fuffzger.

Neulich lasen Amsel und ich in einem Buch, ich auf dem Sofa, die Amsel auf mir. Das war ganz spontan passiert, und die Amsel schnurrte.

Kam natürlich sofort der Kater angerannt, obwohl gerade der dritte Teil der *Sissi*-Filme im Fernsehen lief. Aber dem war die Sissi plötzlich so was von wurscht, denn er musste natürlich auch sofort auf mich drauf.

Schon hatte ich eine Pfote in der Nase, seinen Bauch vor dem Mund, ein Schnurrbarthaar im Auge – und darum ging mit dem Lesen eine Viertelstunde erst mal gar nix mehr.

Heute Nacht habe ich von der Amsel geträumt. Wir waren in Salzburg, bei den Festspielen, und trugen das gleiche Kleid wie einst Angela Merkel in Bayreuth. Es war ein grässlicher Traum, uns beiden steht Grün überhaupt nicht.

Der Toni kam in dem Traum nicht vor.

Als ich am Morgen beim Frühstück meinen Traum lachend und noch etwas ausschmückend erzählte, brach der Toni weinend zusammen: Ich würde ihn nicht lieben!

Warum ich ihn denn nicht so liebte, wie ich die Amsel lieben täte, warum ich nie von ihm träumen würde?

Da konnte ich dann tausendmal sagen: »Aber wir machen doch

so viel zusammen! Gestern haben wir stundenlang miteinander House of Cards geschaut. Und vorgestern haben wir noch stundenlänger eine Gänseblümchengirlande für dich gebastelt!«, alles Reden war vergeblich.

Den ganzen Tag strich er grün vor Kummer durch die Wohnung und verweigerte jegliche Berührung: »Ha, das machst du jetzt nur, weil ...«, und dann fing er an zu weinen.

Seitdem bemühe ich mich intensiv, vom Toni zu träumen.

Dazu sammele ich vor dem Zubettgehen alle Haare von ihm, die ich finden kann, auf, klaue ein, zwei seiner Gedichtbände und mindestens drei seiner unzähligen Kettchen. Das alles stopfe ich mir dann unter das Kopfkissen und zähle statt Schafen lauter Tonis.

Aber es nützt nichts, es nützt einfach nichts: Ich träume von allem und jedem, aber niemals vom Toni.

ALKOHOL

Ich weiß nicht, in letzter Zeit trinkt mir die Amsel zu viel. Immer, wenn ich abends nach Hause komme, ist sie schon beschwipst. Und im Lauf des Abends wird es immer schlimmer. Ich mag schon gar nicht mehr ausgehen, aber die Ausreden für Absagen gehen mir auch langsam aus. Mit der Wahrheit rauszurücken traue ich mich aber auch nicht. Irgendwie ist es mir peinlich.

Anfangs fand ich es ja noch lustig, mit meiner Katze Mäxchen zu spielen und Milchschnaps zu kippen. Aber als ich feststellen musste, dass sie immer öfter absichtlich verlor, um dann »Noch 'nen Snapth!« zu lispeln (lispeln tut sie nur, wenn sie betrunken ist), wurde ich misstrauisch.

Obwohl sie dann immer urlustige Geschichten erzählt und nie ferkelig wird, sie sagt immer nur: »Ich weith da noch thonen Witzth ...«

Und dann sage ich: »Du, Amsel, sag doch bitte noch mal: ›Utzschneiderstraße 5.‹«

»Ud ... Utsch ... hicks! Uschneijaschtrathe frümpf!«

Der Toni schläft um diese Zeit meist schon, er geht gern gegen neun schlafen. »Mir reicht es für heute« ist sein gängiger abendlicher Gruß, und dann verschwindet er mit Gurkenmaske und einem Buch in seinem Bettchen.

Die Amsel dagegen dreht erst ab Mitternacht richtig auf. Gegen drei Uhr früh sag ich meistens: »Du, Amthel, ich muth morgen früh rauth ...«, dann säuft die Amsel einfach alleine weiter. Die ist da unerbittlich.

Irgendwann habe ich sie vorsichtig darauf angesprochen.

Ob es ihr gut geht? Ob sie sich wohlfühlt bei mir? Ob ihr die häufigen Fußballspiele vielleicht zu viel sind, wir könnten auch gern mal gegen Drittligisten ... Nein?

»Nein, alles super!«

Ich bohrte weiter: »Und wie war das in deiner frühesten Kindheit ... hattest du eine nette Mami?«

Sie erinnerte sich an nichts vor dem 29. September dieses Jahres, an dem ich sie aus einem scheußlichen Hochhaus am südlichen Rand der Stadt ins Zentrum geholt hatte. »Wie ausgelöscht, Amanda, alles weg.«

Ich rief die Tierärztin an.

Sie fand, Amsels Quantum sei für die städtische Wohnungskatze einer frei schreibenden Schriftstellerin durchaus im Rahmen. »Was glauben Sie, was die Katzen und Hunde im Hasenbergl saufen! Und das ist noch nichts gegen die Viecher in Grünwald!«

Ich legte auf, war aber nicht wirklich beruhigt.

Eines späten Abends, die Amsel war bei der zweiten Flasche Schnaps und konnte – wir kartelten gerade – den Ober nicht mehr vom Unter unterscheiden, sprach ich sie erneut auf ihre Trinkerei an.

»Wath tholl thon thein?«, sagte sie. »Wath würdeth denn du machen, wenn dein Frauchen beim erthen Treffen thagt: ›Ui, die Katthe thaut auth wie eine therrupfte Meerthau!‹ Wathwürdethdudatun!!!«

»Ich würde trinken«, antwortete ich mit schamrotem Kopf, »ganz viel trinken.«

Die nächste Flasche leerten wir dann gemeinsam.

VORAUSEILENDE TRAUER

Gestern Nacht hat mich der Toni mit leicht verweinten Augen geweckt. »Du, darf ich dich wecken? Kurz?«, hat er gefragt.
»Was für eine blöde Frage«, habe ich geantwortet. Und: »Die Antwort ist nein!«
Da lupfte er meine Decke und kam in meinen Arm. Sein Köpfchen legte er auf meine Schulter und eine Tatze legte er auf meine Wange.
»Ich habe geträumt, dass du stirbst«, sagte er mit ungewohnt piepsiger Stimme.
»Geh, ich sterb doch nicht!«, behauptete ich entrüstet.
»Doch, du stirbst auch einmal. Außerdem rauchst du so viel und trinkst dauernd mit der Amsel.«
»Und übergewichtig bist du außerdem«, stellte er nach einer kleinen Pause fest.
Der Kater hatte recht. Ich wusste ganz genau, dass er recht hatte.
Also dachte ich fieberhaft nach, was ich ihm Tröstliches sagen konnte.
»Für dich und Amsel ist gesorgt«, sagte ich und nahm ihn noch etwas fester in den Arm. »Euch bekommt der Peter.«

»Der Biertrinker mit der Katzenallergie?«
»Ja, der.«
»Und dann? Wie oft wird er nach uns schauen? Was wird mit dem Mietvertrag? Wird der dann auf mich und Amsel überschrieben?«
»Nein, dann zieht ihr zum Peter. Der hat in Vaterstetten ein schönes Häuschen mit Garten, nicht so eine stickige Stadtwohnung.«
»Und«, so fabulierte ich weiter, weil dem Toni plötzlich dicke Tränen übers Gesicht kullerten, »der baut euch dann ein kleines Baumhaus aus Mäuseknochen mit einem Vogelfederdach!«
»Wir müssen umziehen? In die Provinz?« Da begann der Toni haltlos zu schluchzen.

Und ich auch.

Weil ich mir plötzlich vorstellte, wie mein Leben dann sein würde, so ganz und gar tot und ohne Toni und Amsel.

Und als wir mühsam unsere Tränen getrocknet hatten, erhob sich der Kater wortlos und verschwand in sein Bettchen.

Ich aber verließ mein Bett, ging zum Weinkisterl in die Küche und zog die Amsel am Ohr und fragte: »Amsel, darf ich dich wecken? Kurz?«

FINANZEN

Heute habe ich mit den Katzen über meine – also unsere – Finanzen gesprochen. Sie fressen nämlich zu viel. Deswegen habe ich ihnen vorgerechnet, was was kostet.
Die haben ganz schön blöd geschaut!
»Und wie viel musst du jetzt arbeiten für einen Sack Knuspies?«, wollte die Amsel wissen, die ich, ebenso wie den Toni, gebeten hatte, die Herzen vom Tengelmann ins Treueheft zu kleben.
Ich selbst zählte gerade die Rabattcoupons der umliegenden Tiermärkte. »Das kommt darauf an«, sagte ich und hielt inne, um das zu überschlagen.
»Wenn ich es mit Käseverkaufen am Markt erwirtschaften muss, dauert das zwei Stunden. Wenn ich es erschriftsteller, dann ... ja mei ...«, ich zögerte ein bisschen mit meiner Antwort, weil ich im Kopf rechnete, »... na ja, vielleicht ein Jahr?«
»Jessas!«, sagten die Katzen.
»Und wie viel hat das Klettergerüst für uns gekostet?«, fragten sie unisono weiter, während wir die Bier- und Schnapspfandflaschen, die in der Wohnung herumstanden, einsammelten und in einen Seemannssack packten.

»Das geht von eurem Erbe ab.«

Die Katzen starrten mich mit offenen Mündern an.

»Tja, so sieht's aus. Deswegen sind die Katzenmilch, die Leberwurst, die endlosen Spielmäuse und die silbernen Ketterl bis auf Weiteres gestrichen.«

»Schnaps gibt es auch keinen mehr«, setzte ich noch nach.

Dem Toni froren die Gesichtszüge ein, die Amsel bekam einen Schluckauf.

»Tut mir leid, Leute. Unser Haushalt trägt sich so nicht mehr. Vielleicht muss ich auch den einen oder die andere von euch verkauf…«

Jetzt weinten beide Katzen bitterlich.

Ich schwieg betroffen.

»Aber wenn ihr so ungefähr das nächste halbe Jahr lang keinen Durchfall mehr bekommt«, meinte ich zaghaft (Durchfall kam bei uns seit Neuestem dauernd vor), »oder der Toni vielleicht sein Hodenwachstum einstellt …«

Der Kater schaute entsetzt.

»Nur vorübergehend!«, sagte ich.

»Was haben denn meine Hoden mit Geld zu tun?!«, fragte erschrocken der Toni.

Ich schwieg erneut, dann erwiderte ich nur vielsagend: »Das verstehst du nicht! Dafür bist du noch zu klein.«

»Und«, so sagte ich zur Amsel mit mütterlicher Strenge, wohlwollend, aber doch auch gemein, »und du darfst nicht rollig werden.«

»Rollig? Was ist das? Kann das man essen?«

»Leider nein.«

Da schwiegen die Katzen.

Dann jedoch blinzelten sie sich die Tränen aus den Augen, und Toni fragte: »Und was ist mit deinen Zigaretten?«

»Und deinem Wein!«, schrie die Amsel.

»Und den Büchern!«, plärrten beide.

»Ständig kaufst du noch ein Buch! Hast du nie was von Bibliotheken gehört?«, setzte der Toni noch nach.

Was sie sonst noch anführten, möchte ich nicht niederschreiben, das ist zu privat.

Nur so viel: Sie verzichten künftig auf Durchfall und ich auf Dingsbums.

Dann ging ich aus dem Haus, um Rabattmarken und Flaschen einzulösen, während die Katzen aus Kartoffelschalen, Petersilie und Saubohnen einen herzhaften Eintopf kochten.

Er schmeckte grässlich und hielt leider zwei Wochen.

ANTIPATHIE

Vor ein paar Tagen, es war schon spät, fragte mich meine kleine Katze, ob ich eigentlich was gegen sie hätte.
Wir hatten gerade die allerletzte »Wetten dass..?«-Folge der Welt geschaut und waren froh, dass es vorbei war. Uns beiden hatte der Samuel Koch recht leidgetan, also, nicht wegen der Querschnittslähmung, sondern wegen dem Lanz.
Der Kater schlief schon in seinem Bierkisterl, die Amsel und ich waren noch wach. Erst fragte sie mich ziellos nach meinen »Wetten dass...?«-Momenten als Kind, aber ich merkte schnell, dass sie auf etwas anderes hinauswollte. Ihr lag etwas auf der Seele.
Da meine Katze über private Dinge nur unter Alkoholeinfluss redet, ging ich in die Küche und holte eine Flasche bulgarischen Milchschnaps aus dem Eiskasten, füllte ihr eine kleine Schüssel und mir ein Stamperl.
Wir waren bei der dritten Schüssel und mitten in der »Sportschau«, als sie mich fragte:
»Du, hast du eigentlich was gegen mich?«
»Ich? Wieso? Überhaupt nicht!«
Die Katze schwieg (und nicht nur, weil ihr Verein gerade haus-

hoch gegen meinen verlor). Nachdem der Beitrag vorbei war, wollte sie wissen: »Und warum hast du mir dann einen so blöden Namen gegeben?«

»Und dem Kater so einen schönen?«, setzte sie nach und blinzelte mich aus leicht verklebten Augen an.

»Aber Amsel ist doch ein schöner Katzenname«, log ich und trank einen bestätigenden Schluck Milchschnaps.

»Blöd ist der, saublöd!«

»Es ist nur so ...«, hub ich an, »den Namen, den ich dir eigentlich geben wollte, habe ich dir nicht geben dürfen!«

»Wieso nicht?«

Und ich erzählte ihr folgende Geschichte.

»Ich habe vor einiger Zeit ein kleines Mädchen kennengelernt. Das Kind hatte in der ersten, spätestens zweiten Sekunde unserer Begegnung beschlossen, dass es mich sehr liebt. Da habe ich es natürlich gleich zurückgeliebt, obwohl ich Kinder in der Regel nicht ausstehen kann.«

Die Katze sah mich abwartend an.

»Das Mädchen – es stammt aus Schweden – heißt Amelie und mit Spitznamen Amsie. Und als ich dich bekam, wollte ich dich auch Amsie nennen, weil ich fand, das ist eigentlich ein schöner Katzenname. Aber das wollte das Kind nicht.«

Die Katze schwieg.

»Weißt du, Amsel«, erklärte ich hastig, »das Nein von dem Kind war derart absolut und kam derart von Herzen ...«

Die Katze schwieg noch lauter.

»... und ›Amelie‹, also ich weiß nicht, ich möchte nicht immer

›Ameliiiiie!‹ durch die Wohnung rufen, und Amsel kam halt Amsie am nächsten und ...«

Die Katze unterbrach mich: »Wegen einer Ausländerin heiß ich so blöd?«

Jetzt schwieg ich.

Der Schnaps war alle. Ich zerschlug die Flasche, und gemeinsam leckten wir vorsichtig an den Splittern.

»Darf ich das Kind einmal kennenlernen?«

»Zum Zerkratzen?«

Amsel schwieg beredt.

»Ich glaub, das ist keine gute Idee«, meinte ich abschließend.

Dann wurde es noch später und wir müder, ich schwankte zum Zähneputzen ins Bad und die Katze tänzelte zu ihrer Trinkstelle unterm Waschbecken.

»Wenn ich schon keinen schönen Namen hab, versprichst du mir wenigstens was?«

»Mhhmm«, sagte ich, weil ich den Mund voller Zahnpasta hatte.

»Sagst du bitte nie, nie mehr ›Kommt ein Vogerl geflogen‹, wenn ich wieder von irgendwo runterplumps?«

Ich spuckte aus, ging in mein Arbeitszimmer, suchte und fand die Bibel, und schwor bei Buch, Gott und Christkindl, dass ich dies nie wieder machen würde.

Dann ging ich in mein Bett und die Katze in ihr Weinkisterl.

In dieser Nacht kam sie nicht zu mir.

DER SCHWARZE PETER

Schon beim Frühstück ging es los. Toni krittelte an meiner Schriftstellerei herum, belächelte den Plot meiner neuen Geschichte, stänkerte gegen die Amsel und überhaupt: *So* habe er sich das Leben als Schriftstellerkatze niemals ausgemalt!

Mit allem habe er gerechnet, als seine Mutter ihm einst stolz verkündete: »*Mon amour!* Du ziehst zu einer Schriftstellerin!« Und er zählte auf: durchzechte Nächte, verrauchte Partys, sexuelle Exzesse! Das würde er alles verkraften, ja, verstehen, aber »... dieser permanente Ennui! Dieses ständige Dudengeblättere! Dieser kleinkrämerische Wordcount ...«

Kurz darauf nahm die Amsel im Bad heimlich ihr Elfmetertraining wieder auf, obwohl ich ihr das wegen des Fensters und der Spiegel schon zigmal verboten hatte.

»Nirgendwo hab ich Platz! Immer hängst du mir schon wieder einen Spiegel in die Schussbahn! So schaff ich es nie zum FC Barcelona!!!«, jammerte sie, schmiss die Tür und weinte so laut und herzzerreißend, dass ich den restlichen Tag keinen einzigen klaren Gedanken mehr fassen konnte.

Und wenn sie eine Heulpause machte, jammerte der Toni: »So, so langweilig, also nein!«

Da rief ich den Peter an.

Der nahm natürlich nicht ab, und ich schrie ihm aufs Band: »Peter! Du gehst jetzt sofort ans Telefon!«

Aber der Peter ging nicht hin. Der war ja nicht blöd.

Dabei war er an allem schuld. An der ganzen Katzenmisere.

Damals saß ich, es war ein später Julinachmittag, mit ihm bei einem gemütlichen Bier am Nockherberg. Er und Ulla hatten gerade eine gute Phase. Ich hatte eine vage Idee für eine neue Geschichte.

Die Sonne schien, das Bier schmeckte.

Da sagte er plötzlich und unvermittelt zu mir: »Und wenn du ein Kind kriegst?«

Ich starrte ihn an.

»Müsst doch noch gehen«, setzte er optimistisch nach.

»Ein Kind? Spinnst du!«

»Ja, warum denn nicht?«

»Warum sollte ich denn ein Kind bekommen?«

»Das täte dir gut, Amanda. Immer so allein ...«

»Mit mir ist alles in Ordnung, danke schön und bitte sehr!«

Wir schwiegen.

»Holst du uns die nächste Maß?«, fragte der Peter.

»Hab kein Geld, der Buchverkauf läuft schleppend. Käseverkauf dito.«

Peter stand bierbeinig auf und ging zum Ausschank.

Ein Kind! Ich!

Peter kam mit dem Bier zurück.

»Vielleicht ein Haustier? Du kannst doch nicht immer nur schriftstellern, rauchen und am Viktualienmarkt Käse verkaufen!« (Peter hasst Käse.)

»Auch noch einen Hund, ja? Dass ich auch bestimmt bei jedem Scheißwetter rausmuss?«

Ich habe eine Tendenz zur Stubenhockerei, aber ich kann partout nichts Schlechtes daran finden.

»Und damit ich dauernd mit durchnässten Hundebesitzern reden muss? ... Ja, wie heißt denn der goldige Kerl, der mir gerade so lustig auf die neuen Schuhe sabbert? ... Ja, was ist denn das für ein süßes Hunderl? Lassen Sie mich raten: Vater Bernhardiner, Mutter Dackel? – Sag mal, spinnst du jetzt, Peter?«

Peter schwieg, er dachte nach.

»Außerdem ist so ein Hund auch nicht wirklich günstig«, merkte ich noch an.

»Und wenn du es mit einer Katze probierst?«

»Eine Katze?«

»Ja, die kostet auch nicht viel. Das bisserl Brekkies stemmst du locker!«

Ich schwieg und dachte nach.

»Eine Katze wäre in der Tat eine Möglichkeit«, meinte ich.

Den Rest des Bieres tranken wir dann wieder schweigend und blinzelten in die untergehende Sonne.

Und so kam es, dass ich mir erst einen Kater holte, und dann noch eine Katze.

Fünfzehn Mal habe ich es an diesem Tag bei ihm probiert. Kein Mal ging er ans Telefon.

Am Abend machte ich uns Fischstäbchen mit Kartoffelpüree und warf danach eine Videokassette ein: *Aristocats* von Disney.

Das beruhigte die Katzen. Und mich auch.

ALBTRÄUME

Ich war ein Kind, das immer einen Meter Stofftiere um sich im Bett aufbaute, weil es schreckliche Angst hatte, von einem bösen Mann nachts hinterrücks mit einem Messer erstochen zu werden. Aus dem gleichen Grund bieselte ich bis zum siebten Lebensjahr des Nachts in meinen himmelblauen Babytopf, denn ich war mir sicher: Sobald ich das Kinderzimmer verließ, lauerten auf der Treppe die messerschwingenden Spitzbuben.

Damals fürchtete ich mich vor erfundenen Gespenstern, heute vor meinen sehr realen Katzen. Irgendeine der kommenden Nächte werde ich wohl nicht überleben.

Nein, nein, sie sind keine bösen Tiere! Überhaupt nicht. Sie küssen und herzen mich viel, machen mir vertrocknete Blätter von ehemals blühenden Balkonpflanzen zum Geschenk, schleppen meine zusammengeknüllten Taschentücher vom Sofa ins Bad und putzen mich auch zwischen den Halsfalten. Vielleicht werden sie mich nicht aus Bosheit töten, sondern aus Liebe, das ist schon möglich.

Aber das wird am Ende egal sein.

Immer wenn ich aufwache, liegt die Amsel auf meinem Gesicht, nahe der Nase, oder auf meinem Arm, sodass kein Blut mehr durchrauschen kann. Der Toni drückt sich gegen meinen Hals oder an meine Brust oder er hüpft mir auf dem Busen herum, als wollte er mir eine Herzmassage geben.

Dabei ist nix mit meinem Herzen – also nix Falsches.

Aber wenn ich es mir recht überlege, tun sie das noch nicht so lange. Eigentlich erst seit einigen Tagen.

Vorvorgestern verließ ich die Wohnung, um Zigaretten zu kaufen. Als ich in mein Arbeitszimmer zurückkehrte, zerfledderten sie gerade meine Papiere und Unterlagen: Sparbuch, Lebensversicherung, Invalidendingsbums.

Ich war überrascht, denn sie sind sonst nicht besonders neugierig und respektieren gewöhnlich meine Privatsphäre (außer, wenn ich unter Dusche stehe, auf der Toilette sitze oder in der Badewanne plansche).

Das Sparbuch übrigens gehört gar nicht mir, sondern einer Freundin. Die ist Milliardärin, aber seit Kurzem untergetaucht. Sie fühlt sich nicht mehr sicher, seit ihre Dobermänner von dem Geld wissen. Sie hat sonst keine Erben.

An diesem Abend riefen die Katzen zum ersten Mal: »Wir wollen Trüffelleberwurscht! Warum bekommen wir eigentlich nie Trüffelleberwurscht!«

»Und ich will in die Oper!«, greinte der Toni.

»Und ich in die Allianz Arena!«, brüllte die Amsel, die allerdings wieder einen Kleinen sitzen hatte, neben ihr lag eine Milchschnapsflasche.

All mein »Das ist nicht mein Geld! Das ist wirklich NICHT MEIN Geld!« und »Gib den Schnaps her! Und du zieh endlich das Ketterl aus!« verhallte ungehört zwischen den schmalen Wänden meiner kleinen Wohnung. Und seitdem ist irgendwie alles anders.

Als ich in der Nacht darauf kurz erwachte – ich bekam keine Luft mehr, weil Amsel mir eine ihrer Pfoten ins linke Nasenloch geschoben hatte und Toni das rechte mit seinem Popo abdeckte –, dachte ich: Jetzt ist es so weit. (Dass ich zu sehen glaubte, wie die Katzen sich dabei zuzwinkerten, war allerdings wohl einem schlechten Traum geschuldet.)

Aber es war noch nicht so weit, weil ich um halb sechs pünktlich zur Fütterung und Toilettenreinigung wach wurde.

Heute Nacht hingegen schreckte ich gleich mehrmals auf. Irgendwo im Schlafzimmer knisterte eine Plastiktüte. Auch hatten sie mir einen kleinen Ast mit seltsamen roten Beeren auf mein Nachtkästchen gelegt, die Früchte rochen etwas streng.

Wo sie den bloß herhatten?

Heute haben sie den ganzen Tag mit mir lieb gespielt. Sie waren sogar besonders freundlich und aufmerksam, kitzelten mich am Ohr, umschwänzelten meine Beine und überließen mir in ihren Schüsseln die feinsten Brocken.

Ich weiß nicht, aber heute werde ich doch lieber die Schlafzimmertür abschließen. Nur so ein Gefühl.

KINDHEITSERINNERUNGEN

Toni suchte gerade im obersten Fach meines Bücherregals nach einer Erstausgabe von Erich Kästners Der 35. *Mai*, als Amsel ihn mit einem denkwürdigen Strafstoß aus »Versehen« von den Brettern fegte. Er flog auf den Boden und wurde dabei von einem Stapel nachrutschender Fotoalben begraben.

Während ich die Alben, auf die Amsel schimpfend, wieder ins Regal einsortierte, blätterte Toni, mit einem Eisbeutel auf dem Kopf, eines davon durch.

Es war mein Familienalbum.

»So schön hast du mal ausgeschaut: Respekt!«

»Nein«, sagte ich, »das war meine Mutter.«

Und so kamen wir auf die Kindheit zu sprechen.

Die Amsel hat nicht viel dazu gesagt, sie erinnerte sich nur vage an eine Steißgeburt und helle Lichtblitze und saure Muttermilch. Ganz anders der Toni. Der hat gar nimmer aufgehört, von seiner Mami zu schwärmen.

Die schönste Tigerkatze von ganz Pasing! Zitzen weich wie Butter! Einen Geruch wie von Rosen und Lilienblüten! Ein Fell zart wie Samt und wärmend wie ein Hermelin! Augen wie nicht von dieser

Welt! Und so liebevoll! So was von liebevoll war die, da könnten wir uns überhaupt kein Bild davon machen!

Die Amsel ging kurz zum Eiskasten und holte sich eine kleine Flasche Schnaps. Und als der Toni mich fragte, wie meine Kindheit gewesen sei, ging ich ebenfalls in die Küche, öffnete eine Flasche Rotwein und nahm einen so großen Schluck, dass die Flasche halb leer war.

»Hattest du auch so eine liebe Mami, eine so liebe wie ich?«, fragte der Toni.

Wir saßen mittlerweile am Esstisch.

»Ich weiß es nimmer«, habe ich geantwortet. »Sie ist gestorben, als ich zwei war.«

Erwartungsvolle Pause. Die Katzen sahen mich an.

»Die ist bei einer Landpartie zu Pfingsten in einem Misthaufen erstickt«, erklärte ich.

»O Gott!«, sagte die Amsel und trank noch einen Schluck Schnaps.

»O wie ganz fürchterlich entsetzlich!«, stöhnte der Toni.

»Weder noch«, sagte ich, »ich hatte einen ganz lieben Vati. Und der war so dick, dass er auch fast einen Busen hatte. Mir hat also nichts gefehlt«, behauptete ich und schenkte mir ebenfalls einen Schnaps ein.

»Und deine Schwestern?«

»Die sind vor Trauer zu Salzsäulen erstarrt und stehen jetzt im Garten meines Vaters.«

»What a Schicksal!«, sagte die Amsel, die seit ein paar Wochen einen Online-Englischkurs macht.

»Quel dommage!«, flüsterte der Toni, der in der gleichen Zeit, in der die Amsel sich ihr schadhaftes Englisch zugelegt hat, sein Französisch aufgefrischt und Spanisch und Altgriechisch gelernt hat.

Die Amsel wollte wissen: »Bist du dann ganz allein bei deinem Vati aufgewachsen?«

»Bin ich.«

»Und was war dein Lieblingsspielzeug?«

»Schraubschlüssel, Muttern und Ölpumpen.«

Die Katzen sahen mich verständnislos an.

»Mein Vati war Mechaniker.«

Und ich erinnerte mich ganz deutlich an den kalten Betonboden, an ölige Luft und schmierige Schrauben. Irgendwie war das doch keine so schöne Kindheitserinnerung.

»Können wir nicht das Thema wechseln?«, fragte ich.

»Ja!«, schrie die Amsel.

»Nein!«, rief der Toni, der daraufhin wieder von seiner liebsten Mami anfing und sagte: »Das hab ich euch noch gar nicht erzählt!« Und er zählte seine herzallerliebsten Geschwister auf: den lustigen Pierre, den amüsanten Mercure, das kluge Lieserl und den armen Horatio, den »der liebe Herrgott viel zu früh zu sich geholt hat«. Seine liebe Mami hat natürlich alle gleich lieb gehabt, nur ihn halt ein bisserl gleicher.

»Haben dir denn deine liebe Mami und deine Schwestern wirklich nie gefehlt?«, wollte er mit tränenschwangerer Stimme wissen.

Die Amsel saß da schon nicht mehr am Tisch. Vor lauter Langeweile war sie vom Stuhl gefallen und hatte sich dann entschieden, unter dem Tisch zu bleiben.

Nein!, dachte ich und spürte eine Leere, die ich partout nicht spüren wollte.

»Du, Toni, war alles fabelhaft! Und jetzt wechseln wir bitte das Thema!«

Von Unterdemtisch herauf rief es: »Hurra!«

Aber der Toni wollte weiterreden, und er redete und redete.

Irgendwann wurde es Amsel und mir zu bunt, wir knebelten den Kater, schalteten den Fernseher an und schauten eine Wiederholung der Fußballspiele vom vorvorigen Samstag.

DAMENBESUCH

Gestern Abend hatte ich Damenbesuch. Ich kannte die Frau noch nicht lange, aber ich war sehr verzückt. Den ganzen Tag kochte und buk ich und wienerte sowohl die Wohnung als auch die Katzen.

Ich hatte feuchte Hände, als ich ihr die Tür öffnete, den Mantel abnahm und sie zum Tisch geleitete. Toni hatte ich einen frechen Scheitel gezaubert, und freiwillig trug er eine Fliege. Amsel hatte sich frisch gepudert und eine Sonnenbrille aufgesetzt, weil sie sich vor Fremden für ihre ständig geröteten und verklebten Augen genierte. Ich schenkte der Dame und mir Champagner ein, den Katzen Milch, und wir prosteten uns zu und sagten: »Freut uns!« und »Auf einen schönen Abend«. Meine niederen Ziele kannten die Katzen; sie hatten mir beim Bettüberziehen geholfen.

Die Dame, angeregt von Champagner, Hummersüppchen, Wein, Fasanenpastete auf Basilikumspiegel und getrüffeltem Wirsingpüree, Apfelzimttörtchen und Schnaps, redete viel und rotbackig.

Ich glühte, die Katzen wirkten distanziert.

Als Toni mich zum dritten Mal unter dem Tisch trat und Amsel der Dame zum wiederholten Mal die Zunge rausstreckte, entschuldigte ich mich kurz und rief die Katzen zu mir in die Küche.

»Was soll das?«

»Die lispelt total«, sagte Amsel.

»Du brauchst grad reden«, antwortete ich.

»Die redet entsetzlichen Unsinn: Shakespeare ein Amerikaner! Ich bitte dich, Amanda!«, meinte Toni.

»So what?«, entgegnete ich.

»Aber du magst doch sonst keine lispelnden und blöden Menschen!«, riefen beide im Chor.

»Leise, kreuzkruzifünferl!«, herrschte ich sie in gedämpftem Ton an.

Und sagte noch leiser: »Die hat den schönsten Busen auf der Welt.«

Pause.

»Auf der ganzen Welt!«

Es war mir auf einmal sehr wichtig, dass sie das wussten.

»Busen? Sind total überbewertet«, sagte Toni mit zuckender Schulter.

»Busen? Was ist das denn?«, wollte Amsel wissen und blinzelte so sehr, dass ihr die Sonnenbrille verrutschte.

»Ein Busen, das ist das Schönste auf der Welt!«, meinte ich im Brustton der Überzeugung, aber zunehmend verzweifelt.

Wir schwiegen.

»Zieht die jetzt hier ein?«, fragten beide Katzen ängstlich.

»Weiß ich nicht, ich muss mir den Busen erst noch genauer ansehen.«

Die Katzen nickten resigniert, und wir gingen wieder ins Esszimmer.

Dort lag der Kopf der Dame mittlerweile auf dem Tisch. Beim Aufprall waren offenbar die Weingläser umgefallen, überall standen rote Pfützen, und sie schnarchte laut und so gurgelnd, als wäre sie verschnupft. Ihr Haar hing in den Resten des Desserts, ihr Popo quoll über den Stuhlrand und sie hatte ihre Pumps verloren.
Minutenlang schauten wir auf das Szenario.
Dann blickte ich die Katzen an, sehr lange und fest.
»Okay, ich rufe ein Taxi.«
Die Katzen nickten erleichtert, schleckten den Wein auf und putzten der Dame das Gesicht. Dann warf ich sie mir über die Schulter und trug sie zum Taxi.

HOW DO YOU DO?

Ich gehe spazieren.
 Ich treffe eine Bekannte.
 »Servus! Lange nimmer gesehen! Wie geht es dem Toni?«
 »Danke. Er schlägt sich tapfer!«
 »Wie schön! Ja, dann: Adieu!«
 Ich überquere die Isar, mein Vater kommt mir entgegen.
 »Hallo, Kind! Was macht die Amsel?«
 »Danke, ein bisschen Bauchweh …«
 »Die Arme! Grüß sie von mir!«
 »Mach ich, Vati! Du …«
 Aber mein Vater war schon weg.
 Ich drehe um und gehe zum Markt.
 Meine Chefin ruft: »Was machen die Katzen?«
 Meine Kollegin schreit: »Alles gesund?«
 Mein Kollege sagt: »Da schau, habe ich den Katzen aus Amerika mitgebracht!«
 »Und meine Zigaretten?«
 »Hab ich vergessen.«
 Ich schleiche davon.

Auf dem Heimweg rufe ich den Peter an.
Er geht nicht ans Telefon.
Vor meiner Haustür treffe ich meine letzte Liebschaft.
Sie überreicht mir ein Paket.
»Hier sind die neuen Fußbälle für die Amsel und der Schmuckkoffer für den Toni. Ach, ich vermisse sie schrecklich!«, seufzt sie.
Die Dame hat Tränen in den Augen.
»Ich schau später mal bei den beiden vorbei, wenn es dir recht ist?«
Ich nicke, gehe hinauf in die Wohnung und hole mein Schnellfeuergewehr aus dem Safe.
Aber die Katzen sind und bleiben an diesem Tag unauffindbar.

EINE ART HAMSTER

Ich hatte am Abend Besuch gehabt. Nichts Aufregendes, es blieb bei einem Glas Wein.

Am nächsten Morgen weckten mich die Katzen aufgeregt.

»Du, Amanda«, schrie die Amsel, »da liegt was ganz Komisches auf dem Esstisch!«

»Ich glaube, es handelt sich um einen Muskel«, meinte abgeklärt der Toni.

Ich stand auf und ließ mir von den Katzen das Etwas zeigen.

Es war eindeutig ein Herz. Nach kurzem Hin und Her beschlossen wir, es in einer Tupperware-Dose in den Kühlschrank zu legen.

Der Toni fragte: »Ist das von der Dame, die gestern da war?«

»Ich fürchte, ja«, antwortete ich und griff zum Telefon.

»Entschuldigen Sie bitte die frühe Störung, aber haben Sie vielleicht gestern etwas bei mir vergessen?«

»Ja, leider«, meinte die Dame.

Betreten legten wir auf. Ich war ratlos, denn ich hatte wenig Erfahrung mit bei mir verlorenen Herzen.

Amsel hüpfte aufgeregt um mich herum. »Darf ich das Herz haben, Amanda?«, fragte sie.

Schon seit geraumer Zeit wünschte sie sich »einen Hamster oder so«, was »Eigenes«, wie sie sagte.

»Nur über meine Leiche!« war meine Standardantwort.

»Meinetwegen«, sagte ich jetzt. »Aber das ist nicht für immer, Amsel! Wir haben das Herz quasi nur zur Pflege.«

Aber Amsel war schon in der Küche.

Behutsam nahm sie das Herz aus dem »scheußlich kalten Kühlschrank« und badete es zärtlich in einer Teetasse in lauwarmem Wasser mit zwei Tropfen Spüli. Dann trocknete sie es mit einem Topflappen ab und richtet ihm eines ihrer Puppenbettchen.

Sie legte das Herz sachte hinein, zog meine alte Spieluhr auf und sang zum Geklimper: »Guten Abend, gute Nacht, mit Rosen bedacht, mit Näglein besteckt, schlupf' unter die Deck...«

In den darauffolgenden Tagen und Wochen fuhr Amsel das kleine Herz entweder mit ihrem Puppenwagen fröhlich lachend durch die Wohnung oder trug es stolz in einem gewickelten Geschirrtuch vor der Brust. Wenn es schlief, wachte sie über seinen Schlaf, zu den Mahlzeiten fütterte sie es mit Salatblättern und reichte dazu ein Glas Kirschsaftschorle. Und wenn sie betrunken war, was in dieser Zeit selten vorkam, rollte sie mit dem Herzen um die Wette durch die Wohnung. Immer ließ sie das Herz gewinnen.

Einmal stolperte ich beim Putzen über das Puppenbett, das Herz fiel heraus, kullerte unter einen Schrank. Verschämt holte ich es mit dem Besenstiel hervor und staubte es mit meinem Ärmel ab. Kurz dachte ich daran, es einfach in den Mülleimer zu werfen, brachte es aber nicht fertig, sondern legte es einfach wieder in sein Bettchen.

Und eines Morgens war es plötzlich fort. Die Decke und das Kopfkissen waren abgezogen, ebenso das Laken. Auch das Nachtlicht war gelöscht.

»Wo ist mein Herz?«, schrie die Amsel hysterisch. »Amanda, mein Herz ist weg!«

»Vielleicht ist es jetzt wieder bei seiner Besitzerin, Amsel.«

Und ich rief bei der Dame an, die mir meine Vermutung bestätigte.

Ich war unendlich erleichtert, die Amsel unendlich traurig.

»Aber das war doch mein Herz jetzt! Außerdem, wenn die Frau nicht gescheit auf ihr Herz aufpasst, dann ... dann verdient die keins!«, sagte sie trotzig, mit sich fast überschlagender Stimme.

Da nahm ich sie in den Arm, schaute ihr fest in die wie immer etwas geröteten Augen und sagte: »Meine liebe Amsel, Herzen gehören einem nicht. Herzen hat man immer nur geliehen.«

Ich hatte den Satz noch nicht ganz ausgesprochen, da dachte ich schon: Wie schrecklich alt ich doch bin.

Und auch: Auf einen Hamster käme es jetzt eigentlich auch nicht mehr an.

Aber beide Gedanken hatte ich am nächsten Tag vergessen.

Die Amsel hingegen dachte noch lange an das Herz.

DIESE BLÖDE GESCHICHTE!

»Herrje!«, rief ich. Und kurz darauf: »Auweh!«, und dann: »Kreuzkruzifixkruzitürken!«

»Was ist denn los?«, fragte Toni und lugte über den Rand der *FAZ*.

»Was hast du denn?«, piepte fragend die Amsel, die gerade in einem Prinzessinnenbuch blätterte.

»Ich krieg die Scheißgeschichte nicht zu Ende!«, jammerte ich.

Die Katzen standen vom Sofa auf und sprangen auf meinen Arbeitstisch.

»Wo ist das Problem?«, wollten sie wissen.

»Also, in der Geschichte geht es um einen Mann und eine Frau, um den Tod und um zwei Mäuse. Und die Isar muss auch noch irgendwie rein. Wegen dem vermaledeiten Lokalkolorit!«

»Ojemine!«, stöhnte daraufhin die Amsel. »Das *klingt* ja schon blöd!«, setzte sie noch wenig hilfreich hinzu.

»Das brauchst du mir nicht sagen!«, herrschte ich sie an. »Das weiß ich selber!«

»Der Tod muss da wirklich rein?«, fragte Toni.

»Unbedingt!«, antwortete ich.

»Und die Frau? Vielleicht musst du die Frau ...«

»Die Frau bleibt drin, Toni.«

»Und wenn du mehr Liebe reintust und vielleicht auch noch eine kleine süße Katze?«, schlug die Amsel vor.

»Geh, so ein Scheiß! Die Liebe ist doch schon drin. Und Katzen haben in dieser Geschichte nichts zu suchen!«

»'tschuldigung! Dann schreib halt deine blöden Geschichten selber!« Und Amsel ging wieder zurück aufs Sofa.

Aber sie spitzte die Ohren und belauschte mich und Toni. Das war leicht zu erkennen, denn sie hielt das Buch verkehrt herum.

Der Kater hatte mittlerweile auf meiner Schulter Platz genommen und den Text überflogen.

»Du steckst ganz schön in der Tinte!«, stellte er fest. »Der Anfang ist ja noch recht gewitzt und nicht unbedingt dumm konzipiert. Aber dann ... dann saufen dir die Pointen sauber ab!«

Ich zündete mir eine Zigarette an.

»Und wenn du sie einfach nicht weiterschreibst? Was anderes vielleicht?«

»Geht nicht!«

»Warum nicht?«

»Ich hab die Geschichte einem Buben versprochen. Der hat übermorgen Geburtstag. Der stirbt, wenn er die Geschichte nicht bekommt!«

»Wie alt ist denn der Bub?«

»Mei, wie alt wird der sein? Vielleicht zwei?«

Toni stieg von meiner Schulter direkt auf meine Tastatur und fixierte mich mit seinen blauen Augen. »Seit wann versprichst denn *du* einem Kind etwas?«

»Ich hab die Geschichte mehr der Kindsmutter versprochen«, gab ich kleinlaut zu.

»Wenn dir irgendwas an der Mutter dieses Kindes liegt«, sagte der Toni da, »dann langweilst du den Kleinen nicht mit so einer absurden Story von Mann und Frau, Tod, zwei Mäusen und der Isar, sondern kaufst ihm den *Kleinen Prinzen*. Den braucht das Kind zwar auch nicht, aber die Mutter kann ihm wenigstens hübsche Bilder zeigen.«

Dann ging auch Toni zurück aufs Sofa, sagte zur Amsel noch: »Es ist doch nicht zu glauben!«, und las weiter in der Zeitung.

SOMMER

Es war Anfang Dezember. Draußen schneite es.

»Wann wird es eigentlich wieder Sommer?«, fragte die Amsel, die fröstelnd aus dem Fenster sah. »Ich will endlich wieder Sommer haben!«

»Bald, Amsel, bald«, antwortete ich.

»Du lügst«, widersprach mir der Toni. »Rein meteorologisch gesehen hat der Winter noch nicht einmal begonnen.«

Zur Amsel sagte er: »Du hast doch noch gar keinen richtigen Sommer erlebt. Du kennst den Sommer doch gar nicht!«

»Ich wünsche mir aber trotzdem einen Sommer«, seufzte sehnsüchtig die Amsel.

Erst dachte ich, dass der Toni recht hatte, dann dachte ich, dass er nicht recht haben sollte.

Ich ging aus dem Haus und kaufte einen Grill, Holzkohle und zwei Meter Käsekrainer. Dann holte ich zwei Liegestühle aus dem Keller, nahm diverse Kissen und Decken aus meinem Bettkasten, schleppte alles auf den Balkon und entzündete ein schönes Feuer im Grill.

»Komm, Amsel, setz dich her, ab sofort ist Sommer!«

Der Toni zeigte mir einen Vogel und verzog sich in sein Zimmer.

Die Amsel aber schnappte sich freudig ihre Sonnenbrille und ließ sich neben mir in den Liegestuhl plumpsen.

Während ein kleiner Schneesturm aufzog, wickelten wir uns in Decken, tranken ein kühles Bier und tauchten unsere schnell erkaltenden Würstel in Curryketchup und Senf.

»Und was macht man sonst noch im Sommer, außer verbrannte Würschtel essen?«, wollte die Amsel wissen.

»Im Sommer ist alles leicht. Da geht man halb bekleidet aus dem Haus, läuft tänzelnd durch die Straßen, planscht in der Isar und trifft lauter Bekannte, von denen man schon geglaubt hat, sie wären verstorben, weil man sie monatelang nicht gesehen hat.«

Amsel seufzte selig.

Ab und an steckte der Toni seinen Kopf durch die Balkontür und rief so Sachen wie: »Minus 14 Grad in Thalkirchen!« oder »In Schwabing sind bereits drei Leute erfroren!«.

Wir beachteten ihn gar nicht.

Als die Amsel anfing, mit den Zähnen zu klappern, holte ich schnell den kleinen Heizstrahler aus dem Bad und erzählte ihr weiter vom Sommer.

»Darf ich auch in die Isar, wenn Sommer ist?«

Ich legte noch einen Sack Kohle nach, weil ein unerbittlicher Nordostwind aufzog.

»Das ist eher nichts für dich.«

Die Amsel sah mich enttäuscht durch ihre Skibrille hindurch an (die Sonnenbrille hatte ich mittlerweile ausgetauscht, als ich uns auch Mützen und Handschuhe geholt hatte).

»Aber ich stell dir ein Planschbecken auf dem Balkon auf. Und Schwimmflügel kriegst du auch, versprochen!«

»Und lauter Bekannte?«, fragte Amsel zunehmend heiser.

»Und lauter Bekannte«, versprach ich.

Da brannte die Sicherung des Heizstrahlers durch, und ich beschloss, dass der Sommer für heute vorbei war.

»Das war's schon?«, fragte die Amsel.

»Ja, Amsel, die Sommer sind immer sehr kurz.«

Die Amsel war schrecklich enttäuscht.

»Dafür kommen sie aber auch immer wieder, ganz bestimmt!«

Dann kochte ich uns heißen Tee, und wir gingen mit zwei Wärmflaschen ins Bett.

HUNGARY

»Bäh!«, sagte die Amsel.
»Muss ich das wirklich essen?«, fragte der Toni.
»Ja!«, bestimmte ich.

Ich war den halben Vormittag auf dem Markt gewesen und hatte den restlichen Vormittag mit dem Zerlegen von Lachsköpfen, dem Filetieren von Hühnerherzen und dem Schneiden von Entenmägen zugebracht.

Jetzt war es ein Uhr, also allerhöchste Mittagszeit.

Die Katzen hatten auf ihren Tellern ein pochiertes, mild gewürztes, allerdings etwas grau aussehendes Dreierlei. Das Lieblingsessen der Katzen Mopsi und Fipsi aus Delmenhorst, laut Anita H., mit der ich mich die ganze letzte Nacht über Magen-Darm-Probleme bei Haustierkatzen ausgetauscht hatte. (Seitdem keinerlei Verdauungsprobleme mehr! Ehrlich!, schwor Frau H. um vier Uhr morgens schriftlich.)

Vor mir lag ein Butterbrot. Für etwas anderes hatte ich keine Energie mehr gehabt. Außerdem wollte ich abnehmen.

»Ich hab heute, fürchte ich, gar keinen rechten Appetit«, verkündete der Toni.

»Und ich habe eigentlich beschlossen, dass ich jetzt mehr so vegetarisch ess, also zumindest kein so inneres Zeugs mehr«, meinte die Amsel.

Ich reagierte nicht.

»Habe ich das noch gar nicht erzählt, etwa?«

»Hier steht keiner auf, ehe nicht sein Teller leer ist«, ordnete ich an.

»Dein Butterbrot schaut appetitlich aus ...«

»Vergiss es, Toni!«

»... und Gesichter wollte ich eigentlich auch nimmer ...«

»Sei still, Amsel!«

Aber die Amsel gab nicht auf. »Lustig«, meinte sie, »heut Nacht hab ich erst von einem superschönen Butter...«

»Keep on dreamin' ...«

»...brot geträumt! Und danach hab ich einen superscheußlichen Albtraum vonfischköpfenundgeflügelinnereiengehabt«, schrie sie schnell hinterher.

»Nix da!«

Die Katzen stocherten in ihrem Essen. Toni würgte, schluckte schwer und schnaufte erbärmlich.

»Huch«, rief die Amsel, »jetzt ist mir der Fischkopf vom Teller gefallen!«

»Heb den sofort wieder auf!«

»Aber der ist jetzt voller Haare!«, jaulte die Amsel, warf sich auf den Boden und tat, als müsste sie gleich sterben.

Das Katzenessen roch wirklich nicht besonders.

Aber es war eine Frage des Prinzips. Und der Gesundheit.

Schließlich platzte mir der Kragen.

»Wisst ihr, was?«, rief ich in ihre undankbaren Gesichter. »Wisst ihr eigentlich, wie es den armen Katzen im Libanon ergeht? Oder den armen Schweinen in der Sahelzone?«, fabulierte ich wild.

Amsel blickte kurz und hoffnungsvoll vom Boden auf, Toni starrte mich mit vollem Mund an.

»Die haben nichts, aber auch gar nichts zum Essen! Die müssen Sand fressen, oder von Kindern weggeworfene Schokolade, für die kocht niemand. Niemand, hört ihr?«

Da stand die Amsel wortlos auf, ging in ihr Zimmer und kam nach fünf Minuten mit gepacktem Reisegepäck wieder heraus.

»Wo war das noch mal mit der Schokolade? In der Sahelzone?«, fragte sie und zog betont nonchalant und doch irgendwie angeberisch eine zerknitterte Landkarte »München und Umgebung« aus ihrem rosafarbenen Kinderrucksack.

»Kommst du mit, Toni?«, nuschelte sie hinter ihrer Karte.

Toni wollte gerade aufspringen, als ich beide an den Ohren nahm und sie ins Katzenzimmer sperrte.

»Das darfst du nicht, das ist gegen das Tierschutzgesetz, ich kenne meine Rechte!«, rechthaberte der Toni.

»But I bin so hungary!«, brüllte die Amsel.

Ich aber blieb hart, nannte sie ein undankbares Pack und warf ihr Essen samt Teller in den Müll.

Es stank wirklich ganz entsetzlich.

Mein Butterbrot schmeckte mir dann aber auch nicht mehr recht.

HAUSFRAU

Mir langt's jetzt. Ich habe derart die Schnauze voll!

Mein Verleger steigt mir aufs Dach, weil das neue Manuskript einfach nicht fertig wird, seit Wochen, seit Monaten nicht.

Die Agentur ruft ständig an: Ob ich zumindest die Widmung schon hätte? Nein?

In Wahrheit bin ich nämlich gar keine Schreiberin, in Wahrheit bin ich eine Hausfrau, einfach nur eine Hausfrau. Aber ich kann mir das nicht leisten. Wirklich nicht.

Und deswegen hat's bei uns neulich richtig gescheppert.

Ich kam heim, nachdem ich mein letztes Geld in der Tierwelt vom Dehner verbraten hatte (Biostreu, Bioleckerlis, Biodurchfallmittel), und in der Wohnung hat es ausgeschaut, als hätte eine Bombe eingeschlagen: Noch feuchte Kleidung war vom Wäscheständer gefegt, der Gefrierschrank war nicht gescheit zu, im Arbeitszimmer türmten sich Amsels Milchschnapsflaschen, Toni hatte seine Ketterl, seine Rüschenröcke und seine Origamipapierschwäne überall verstreut, und den letzten Blumenstrauß meines Verlegers (»… erlauben Sie mir, Ihnen schon heute, in großer Vorfreude auf Ihr vielversprechendes nächstes Werk, einen kleinen floralen Gruß zukommen zu lassen ... blablabla ...«) hatten die beiden in kleine Stücke geschreddert.

Irgendeiner hatte Durchfall gehabt und sich lässig auf dem Popo über den Perserteppich und den von zarten pakistanischen Kleinstkinderhänden gewebten Mickymaus-Seidenteppich zum Kisterl geschoben (Toni: »Die Amsel war's, die Amsel war's!« – »War ich gar nihicht, war ich gar *nihicht*!!!«).

Seit Tagen, Wochen, Monaten sauge ich einmal täglich die gesamte Wohnung, wische zweimal wöchentlich die Böden und wasche samstags mindestens fünf Trommeln Wäsche. Zehn Mal am Tag säubere ich ihr Toilettenkisterl, ich putze ihre Popos und feile ihnen die Krallen. Ich habe einen superleisen neuen Staubsauger angeschafft (nachdem die Amsel gedroht hatte: »Wenn du das laute Ding noch einmal anschaltest, dann bekomme ich einen Herzkasperl! Ich schwör's!«), einen Handstaubsauger (Toni: »Du, Amanda, da hinterm Kisterl sind noch Brösel ...«) und koche stundenlang Diätfutter.

Ich komme zu keiner Zeile mehr! Und jetzt so etwas!

Ich brach in Tränen aus.

Als ich mit der sinnlosen Flennerei fertig war, riss mich meine Wut in die Höhe. Ich packte die beiden am Schlafittchen und zerrte sie ins Bad.

»So, da! Jetzt ist Schluss mit lustig! Eimer, Essigwasser, Wischmopp, Fenstertuch und Sagrotan! Und zwar Yallah, zack, zack!«, rief ich laut.

Und zwar so laut, dass ihr im Chor gesprochenes »Du, wir rufen beim Tierschutzbund an ...« ungehört verhallte.

Ich schreibe diese Zeilen heute in der klösterlich-blitzblanken Welt meines rückeroberten Arbeitszimmers. Die Amsel steht in der Küche und bereitet mir ein Coq au Vin zu, der Toni leckt den Staub der von mir geschriebenen Buchstaben aus den Dielenritzen und gleich wird er den Wein dekantieren.

Ja, genau. So endet diese Geschichte.

Weil mir kein anderer Schluss einfallen mag.

Nein, halt, falsch: weil mir kein schönerer eingefallen ist.

BIG BISSNESS

Seit ein paar Wochen klingelt bei mir ständig ein Bote mit Päckchen von Amazon.

Keines für mich, alle sind für Toni und Amsel. Sie bestellen Entenstopfleber und Goldkettchen, eine Playstation und eine Vorratspackung Ray-Ban-Sonnenbrillen.

Als ich sie zur Rede stelle, sagen sie nur: »Haben wir von *unserem* Geld bezahlt.«

Ungefähr seit das angefangen hat, schicken mich die Katzen immer sehr zeitig ins Bett.

»Du schaust so müde aus«, fängt der Toni in der Regel an. Da ist es meist gegen Viertel nach sechs.

Um kurz nach sieben meint dann die Amsel: »Also, wenn *ich* so viel denken müsste wie du den ganzen Tag ... ich wär schon *längst* im Bett und tät was Schönes träumen.«

Bevor der Toni um halb acht so Sachen sagt wie: »In deinem Alter braucht man besonders viel Schlaf vor der Tagesschau, sonst brennen sich die Augenfalten so unschön fest«, geh ich dann ins Bett, obwohl ich gar nicht müde bin. Meist blättere ich dann in Illustrierten oder enteselohre ausgelesene Bücher.

Aber letzte Nacht war mir ab elf Uhr so langweilig, dass ich irgendwann heimlich wieder aufgestanden bin.

Aus der Küche kamen absonderliche Laute, denen ich auf Zehenspitzen nachging. In konspirativem Kerzenlicht saßen Toni und Amsel um meine alte Kinderfunkstation herum, die ich vor ein paar Wochen auf meinem Dachboden entdeckt hatte. Ich hatte sie heruntergeholt, um sie bei ebay zu versteigern, und seitdem war sie verschwunden gewesen.

Toni trug meine Stereo-Kopfhörer, die Amsel Ohrhörer, die ich ebenfalls schon eine ganze Weile vermisst hatte. Ein rotes Lämpchen brannte an der Empfangsstation, und Toni sprach ins Mikrofon.

»Guten Abend, gute Nacht, hier sind wir wieder: Dr. Sonnenkönig und Frl. Amsel vom Katzenfunk. Das Thema unserer heutigen Sprechstunde: Wie bleibe ich gelassen im Umgang mit meinem Halter.«

Dann klackte es in der Leitung, und eine mickrige Stimme ertönte: »Grüß Gott, ich bin das Mohrle aus Oberpframmen. Ich habe juvenile Akne, und mein Frauchen möchte die behandeln. Dabei bin ich von Kopf bis Fuß schwarz, die Akne sieht keine Sau! Was kann ich denn da tun?«

Daraufhin griff Toni zu einem der vielen Bücher, die sich neben ihm stapelten (dem Bürgerlichen Gesetzbuch, wie ich aus der Distanz unter Mühen entziffern konnte), und blätterte darin. Dann schlug er in einem weiteren nach (Grundgesetz der Bundesrepublik Deutschland, 67. Auflage) und fand wohl in beidem nicht, was er suchte. Daher bat er die Amsel, eine Werbung einzublenden, und

Amsel sang zur Melodie von *Schnucki, ach Schnucki*: »Brekkies, ach, Brekkies! Katzen lieben Brekkies! Eiiiinen Dreikilosack nur eiiiins neunundneunzig. Bei Hofer. Bei Hoofer, bei Hoofär!«

In der Zwischenzeit schien der Toni fündig geworden, aber die Amsel hatte das Mohrle beim Singen des Jingles leider aus der Leitung gekickt.

Aber schon erklang eine neue Stimme, diesmal tränenerfüllt und zittrig. »Hallo? Hallo?«

»Wer spricht da, bitte?«, fragte Toni.

»Der Mutz aus Schwabing. Ich bin inkontinent, habe nur mehr ein Auge und das Fell geht mir aus. Man droht mir mit Einschläfern. Habe ich da auch irgendein Wort mitzureden? Ich meine, es geht immerhin um mein Leben!«

Diesmal brauchte der Toni nicht nachzuschauen. »Tut mir leid, Herr Mutz, auf Inkontinenz steht nun mal die Todesspritze. Außer, das Leiden ist nur temporär und krankheitsbedingt...«

»Ich bin siebzehneinhalb Jahre alt.«

»In diesem Fall kann ich Ihnen leider nicht helfen. Ich lege Sie jetzt auf Leitung zwei, dann macht meine Assistentin mit Ihnen die Abrechnung. Angesichts Ihrer kurzen Restlebensdauer kriegen Sie aber einen Sonderpreis, versprochen.«

Wieder klingelte es in der Leitung.

»Servus und grüß Gott! Ich bin der Blacky, eine Wunschkatze, aber jetzt lassen sich meine Besitzer scheiden, und ich soll sagen, bei wem ich wohnen will. Aber ich kenn doch die neue Wohnung von meinem Frauchen gar nicht! Woher soll ich denn da wissen, ob ich mich da nicht eventuell räumlich verschlechtere?«

Noch bevor Toni antworten konnte, spielte Amsel, diesmal vom Band, eine Werbung ein: »Flohbisse? Zecken? Heizungsluftallergie? Dr. Hund hilft! Kommen Sie in unsere Praxis am Westpark, und wir finden eine Lösung: Dr. Hund, der Katzenretter von München.«

Die fröhliche Musik verklang, und Toni fragte: »Herr Blacky, sind Sie noch da?«

»Freilich bin ich noch da! Warum sollte ich denn nimmer da sein?«

Ich hatte genug gehört und trottete nachdenklich in mein Bett.

Daher wehte also der Wind.

Schon morgen, beschloss ich, würde ich mir ein neues Buchkonzept ausdenken. Irgendetwas Abgekupfertes von der *Spiegel*-Bestsellerliste. Und dann würden wir mal sehen, wer mehr Pakete bekam.

Und nichts, nichts davon würde ich mit den Katzen teilen!

FASTTRENNUNG

Letzte Woche hätte ich mich fast von Toni und Amsel getrennt. Und zwar endgültig. Ich hätte sie nicht einmal ins Tierheim gebracht, sondern gleich ins Löwengehege von Hellabrunn geschmissen.

Dabei hatte alles ganz harmlos angefangen.

Wir hatten Putztag. Toni war mit dem Bad dran, Amsel wischte den Kühlschrank aus und ich legte die Wäsche zusammen.

»Wisst ihr, wo mein Osterhasenpyjama-Oberteil ist?«

»Dein was?«, kam es aus Küche und Bad.

»Mein Osterhasenpyjama-Oberteil!«

»Woher sollen wir denn das wissen?«

»Weil ihr dauernd auf dem Wäscheständer rumspringt und meine Wäsche unter meine Dichterliege schmeißt.«

»Osterhasen! Wie alt bist du noch mal?«, fragte der Toni, der mit Eimer und Klobürste in der Diele stand.

»Bei Pyjamamotiven gibt es keine Altersbegrenzung.«

»Aber es ist schon ein bisschen kindisch«, hielten sie gegen.

»Genau wie die ganzen Stofftiere, die hier überall rumliegen«, meinte tadelnd der Toni und fuchtelte dabei bedrohlich mit der Klobürste rum.

»Und diese blöden Monchhichis«, fügte die Amsel hinzu, der in diesem Moment ein Glas mit Sauerkirschen aus dem Kühlschrank fiel. »Ups!«

»Die hab ich für euch gekauft!«

»Aber du bist die Einzige, die damit spielt!«

»Was seid denn ihr für engstirnige Reaktionäre!«

»Wir sagen ja bloß ...«

»Ich sag doch auch nichts gegen eure Ketterlspiele und die Prinzessinnenbuch-Leserei!«

Da überlegten sie kurz und riefen dann: »Ja, aber du *denkst* dir was!«

»Ich werde doch, bitte sehr, noch denken dürfen!«

Brüllendes Schweigen.

»Wo ist denn jetzt das Oberteil?«

»Ja, wo schon? Unter der Liege, wo es immer ist«, riefen die Katzen im Chor.

Und Toni ging wieder ins Bad, und Amsel schaute auf dem Putzplan nach, wer diese Woche mit dem Küchenboden dran war.

Und weil sie sah, dass ich drin stand, purzelte auch noch ein Becher Sahne auf den Küchenboden.

Such a Pech aber auch!

AMSEL SINGT

Die letzten Nächte waren unruhig gewesen. Ich war häufig aufgewacht, hatte gar gemeint, Stimmen zu hören. Ängstlich vergrub ich mich unter meiner Bettdecke und betete inbrünstig zum kleinen Jesulein, dass es bald hell werden möge.

Vorige Nacht war es ebenso, aber da war ich in anderer Stimmung, schimpfte mich einen elendigen Angsthasen und schickte mich aus dem Bett, um ein Glas Milch zu holen. Auf dem Weg zur Küche hörte ich ein zartes, schiefes Summen und auch ein Liedzeilengepurzel aus meinem früheren Arbeitszimmer. Inzwischen ist es das Katzenzimmer, und ich gehe nur mehr selten hinein. Es liegt mir zu viel Playmobil herum, Legoburgen, Carrerabahnen und Puppen. Der Mond schien auf den Dielenboden, und ein schwacher Lichtschein aus dem Katzenzimmer gesellte sich zu ihm. Vorsichtig ging ich zur angelehnten Tür und horchte und spitzte hinein.

Im hintersten Eck, unterhalb meines früheren Schreibtisches, saß mit dem Rücken zu mir die Amsel und sang ein kleines Lied.

Sie hatte das Mickymaus-Nachtlicht angeschaltet und ihre Taufkerze entzündet.

Sie sang falsch und holprig, aber sehr inniglich.

Erst *Maria durch ein' Dornwald ging*, dann *Es ist ein Ros' entsprungen* und schließlich, etwas fröhlicher, aber im Ton abermals daneben, *Oh when the Saints go marchin' in*.

Dann verstummte sie, sah minutenlang durchs Fenster in die dunkle Nacht hinaus und begann dann von Neuem ein Lied, wohl eine Volksweise, die Melodie war mir seltsam vertraut. Aber sie nuschelte stark, ich verstand kein Wort.

Ich war sehr gerührt von dem Anblick meiner kleinen, zerzausten, anhaltend hässlichen Katze und fragte mich, ob sie sich so ihr Leben vorgestellt hatte.

Das hatte ich mich noch nie gefragt.

Vielleicht wäre sie gerne eine Prinzessin geworden oder ein Burgfräulein inmitten von Rosensträuchern und Pfefferminzwäldern.

Vielleicht wäre sie gerne Mutter geworden oder ein berühmter Filmstar.

So vieles wusste ich nicht von ihr. Ich wusste nur, dass sie eine Stadtkatze war, ohne Garten, ohne Morgentau an Gräsern, ohne gefangene Libellen und zerfetzte Spatzen.

Und ohne jede Chance auf eine erlegte Maus.

Sie war die recht wahllos ausgewählte Zweitkatze einer unbekannten Schriftstellerin ohne Zahnersatzzusatzversicherung und Vorhänge, aber mit einer vehementen Nickelallergie.

Während ich so stand und etwas fror, löschte Amsel umsichtig die Kerze, schaltete das Nachtlicht aus und bieselte leise in ihr Kisterl.

Dann kletterte sie behände in ihr Stockbett (sie schläft oben, weil die Erstkatze so schreckliche Höhenangst hat), zog ihr Deckchen zurecht und schloss ihre tränenden und rot geränderten Augen.

Ich blieb noch in der kalten Dunkelheit meiner Wohnung stehen, die der Mond nun kaum mehr erhellte, und blickte in das stumme Zimmer. Dann ging ich leise hinein, stieg aus Versehen auf einen dieser vermaledeiten Playmobilpiraten, unterdrückte meinen Schmerz und mein Fluchen und gab Amsel vorsichtig einen Kuss zwischen die Ohren.

Dann schlich ich wieder in mein Bett, müde und bedrückt. Und mit dem Gedanken, dass ich demnächst wohl ein Auto stehlen musste, nur für einen Tag, um mit ihr einmal aufs Land zu fahren.

Nach Neuschwanstein oder so.

EINE EINZIGE ENTTÄUSCHUNG

Es war am 29. November, als die Katzen sich vor mich hinstellten und sich räusperten.

»Ja, bitte?«

»Wir wollen mit dir über Weihnachten sprechen«, sagte ruhig, aber bestimmt der Toni.

»Genau«, rief die Amsel, »wir müssen mit dir was reden, ja. Über Weihnachten nämlich!«, kiekste sie ganz aufgeregt, und ihr Schwänzlein wedelte wild hin und her.

»Das könnt ihr mit mir nicht machen«, hauchte ich. »Alles, nur bitte nicht Weihnachten!«

»Aber wir wollen auch ein Christkindl!«, schrie die Amsel.

»Und Lebkuchen und Weihnachtsstollen und Christbaumkugeln«, zählte der Toni mit sicherer Stimme auf.

»Und den Nikolaus! Ich will den Nikolaus sehen! Sonst, sonst ...«, stotterte die Amsel.

»Sonst was, Amsel?«

»Sonst, sonst ... darfst du nimmer über mich schreiben!«, tönte sie laut und sah sich zum Toni um.

Der meinte trocken: »Über mich übrigens auch nicht mehr!«

»Du hast fünf Minuten Zeit!«, sagten beide. »Wir warten!« Und sie gingen in ihr Zimmer.

Die hatten sich abgesprochen.

Erpressung, so weit war es schon gekommen.

Ich rief den Peter an, er empfahl die Weihnachtsoption.

»Den Kampf stehst du nicht durch«, sagte er noch.

Peter hatte recht.

Am selben Tag noch kaufte ich jeder Katze einen Adventskalender.

Am Abend schauten wir uns – auf Wunsch der Katzen – den »Kleinen Lord« an.

»Nicht umschalten!«, befahl der Toni bei jeder Werbepause.

»Jetzt kommt doch gleich wieder das Christkind angeflogen!«, erklärte die Amsel mit glänzenden Augen.

Bei jedem Weihnachtsmann riefen sie: »Ui!«

Bei jeder Christbaumkugel: »Ah!«

Und wenn gar ein vollbeladener Schlitten über den weihnachtlich verschneiten Bildschirm glitt, gerieten ihre Herzen vor klirrender Aufregung völlig aus dem Takt, sie schnauften und zitterten.

In den nächsten Wochen schickten sie mich ständig in die Stadt, sie verlangten nach Christbaumkugeln, Tannenzweigen und Spritzgebäck.

Ich musste die Wohnung dekorieren, mich am 6. Dezember als Nikolaus ausgeben (den Knecht Ruprecht machte der Peter) und ihnen die Weihnachtsgeschichte erst jeden Abend vorlesen, zum dritten Advent hin dann vorspielen. Peter übernahm alle drei Könige, ein Monchhichi war das Jesuskind und ich die hochschwangere

Maria, die Kuh und zwei Schäfer in Doppelrolle. Den Josef ließen wir aufgrund von Darstellermangel und nach heftigen Diskussionen unter den Tisch fallen. (Toni: »Können wir statt dem Josef nicht die Maria aus dem Stück streichen? Sie scheint mir eine reine Quotenfrau zu sein. Und eine wirkliche Sprechrolle hat sie auch nicht...« Ich: »Und wer kriegt dann das Christkind? Die Kuh vielleicht?«)

Zwei Mal hätten wir fast unsere Wohnung abgefackelt, weil die Katzen darauf bestanden, den Adventskranz auch nachts brennen zu lassen. »Das ist so festlich!«, säuselten sie. (Ich: »Aber ihr seht die Kerzen doch gar nicht! Ihr habt doch beim Schlafen die Augen zu!« Der Toni: »Aber ihr Licht erhellt unser Herzen!« Ich: »Ich geb's auf.«)

Stundenlang musste ich über das Christkind referieren: woher es kam, was es alles konnte.

»Ui! Das Christkind! Auf das freu ich mich am allermeisten!«, flötete der Kater.

»Und ich mich am allerallermeisten!«, hauchte die Katze.

»Amanda, bekomm ich, wenn ich groß bin, auch so schöne Locken wie das Christkindl?«, wollte eine verzückte Amsel von mir wissen.

»Bestimmt, Amsel, bestimmt!«, meinte ich matt.

»Und ich einen Nikolaus?«, fragte Toni ganz, ganz leise, schon wissend, was ich antworten würde.

Dann war endlich der 24. Dezember.

Peter und ich schmückten den Baum, behängten ihn mit Knuspis, frisch gefangenen, sedierten Isarmäusen (unbetäubt ging nicht, der Baum hätte sonst zu stark gewackelt) und ausgestopften Vögeln.

Wir verpackten ihre Bücher, Fußbälle, Kettchen, FAZ- und Kicker-Abonnementgutscheine in rotes Glanzpapier und verzierten sie mit grünen Schleifen.

Kurz vor sechs Uhr legte ich die Tiroler Bauernweihnachtsplatte auf, Peter läutete das Glöckchen und öffnete die Tür.

Amsel und Toni stürmten freudig ins Wohnzimmer, welches in warmes Kerzenlicht getaucht war und in dem zart und etwas zerkratzt die Zitherklänge längst verstorbener Tiroler Bauern aus den Boxen perlten.

Peter und ich ertappten uns dabei, wie wir uns vor Rührung an den Händen hielten.

Die Stimmung kippte jedoch schnell.

Binnen Sekunden hatten die Katzen ihre Geschenke aufgefetzt, den Baum inspiziert und »Super! Danke!« genuschelt. Doch dann ließen sie alles links liegen und schlüpften stattdessen zwischen die Polster des Sofas, durchwühlten das Bücherregal, schauten unter die Teppiche und warfen Peter und mir erst freundliche, dann zunehmend verzweifelte Blicke zu.

»Was ist denn los?«, fragte ich.

»Sucht ihr etwas?«, wollte der Peter wissen.

»Das Christkind! Wo ist das Christkind!«, schrien beide im Chor. »Wo habt ihr das Christkind versteckt? Wo ist das süße Christkindl?!«

»Ihr habt doch nicht im Ernst gedacht ...«, stotterten Peter und ich im gleichen Atemzug hilflos.

»Ihr habt uns angeschwindelt!«, schrien die Katzen, und erste Tränen sammelten sich in ihren Augen. »Du hast ... ihr habt ...«, aber ihnen versagten die Stimmen.

»Ja, mei ... was soll ich sagen, ich ...«

Dann fiel mir plötzlich ein: »Des war schon da, vorhin! Und dann hat es gleich wieder fortmüssen! Ehrlich! Des war da!!! Gell, Peter?«

Und Peter nickte so fest mit dem Kopf, dass er ihm fast von den Schultern fiel.

Aber der Abend war nicht mehr zu retten.

Stumm würgten wir alle an der Gans, zerdrückten lustlos die Knödel und an gemeinsames Singen war nicht mehr zu denken.

Als die Katzen mit gebrochenen Herzen und fast taumelnd vor Enttäuschung in ihre Betten getrottet waren (»Diese perfiden Lügen! Uns derart hinters Licht zu führen!«, so der Toni. »Ihr seid so gemein, ihr Blödis!«, die Amsel, heulend), dekorierten Peter und ich den Baum ab.

Wir demontierten die Lichterketten, die Strohsterne und die Adventskalender und schmissen eine Minute nach Mitternacht alles aus dem Fenster.

Ich weiß schon, warum ich Weihnachten nicht mag.

ALOFFS HITLER

Mich hat das einsame Singen Amsels neulich zum Nachdenken gebracht.

Zumal mir auch der Toni in den letzten Tagen sehr introvertiert, fast autistisch vorgekommen war: Drei Tage lang hatte er fast ohne Unterlass mit ein und demselben Kettchen gespielt. Nur zum Bieseln hat er kurz geschafft, und die Tage darauf hatte er Durchfall. Oder war es vielleicht doch die Amsel? Schaut alles gleich aus und riecht auch so.

Als der Toni kürzlich, nachdem ich aus der Stadt nach Hause kam, von mir wissen wollte, was ich eigentlich da immer so mache »da draußen«, »außerhalb unserer Wohnung«, lag eine solche Sehnsucht in seiner Stimme, dass mir ganz schlecht wurde.

Daher rief ich Peter an, der ausnahmsweise einmal daheim war, und sagte: »Ich brauche deine Hilfe.«

Peter kam sofort, nach einem Umweg über den Baumarkt, und half mir, mein Bad von oben bis unten zu fliesen. Sogar die Decke kachelten wir.

Dann ging ich ins Tiergeschäft und kaufte zwei Wüstenmäuse, ein Meerschweinchen und fünf Geckos. Die warf ich alle in mein

Badezimmer – Peter und ich hatten in die Tür einen Wurfschlitz hineingefräst und mit einer Klappe versehen –, und am Ende schoben wir Toni und Amsel hinterher. Ausgemacht war, dass sie dreimal klopfen sollten, wenn sie aus dem Badezimmer wieder hinauswollten.

Ich setzte mich an meinen Schreibtisch, schrieb dem Finanzamt, der Pfändungsbehörde und verfasste einen Liebesbrief an eine Unbekannte (ich hielt ihn sehr allgemein, weil ich derzeit nicht verliebt bin). Ab und an horchte ich in Richtung Bad, aber ich hörte nicht viel. Ich bieselte am Nachmittag ins Katzenkisterl und rauchte zwischen vier und halb fünf die Zigaretten Nummer 45 bis 56.

Dann klopfte es von innen an die Badezimmertür. Mit geschlossenen Augen öffnete ich das Türchen (ich kann kein Blut sehen), und Amsel und Toni kamen heraus. Schweigend gingen sie an ihre Wasserschüsseln und tranken, fraßen ihre Schüsseln restlos leer (was mich etwas verwunderte), hatten keinen Durchfall und rollten sich anschließend gemeinsam auf meinem Bett zu einer gescheckten Rolle zusammen.

So ging das über eine Woche: Morgens kamen die Katzen ins Bad, ich ging ins Müller'sche Volksbad zum Brausen, aß mittags eine Kleinigkeit am Viktualienmarkt, schrieb am Nachmittag Briefe und rauchte, variierte meine Liebesschwüre und ließ am Abend die Katzen aus dem Bad, die sofort zu Wasser- und Futterschüsseln liefen und danach in einen fast komatösen Schlaf verfielen.

Dann hielt ich es nicht mehr aus und öffnete eines Vormittags heimlich die Klappe in der Badezimmertür einen Spaltbreit.

Die Mäuse, das Meerschweinchen und die Geckos saßen in einer Art Stuhlkreis. Toni hockte am Badewannenrand und gestikulierte wild und heftig.

Amsel saß mit dem Rücken zur Tür und rief: »Napoleone? Bismack?«

Toni schüttelte den Kopf, die Geckos gackerten, die Meersau fiepte und die Mäuse hielten sich lachend die Bäuche.

»Allofs Hitler?!«, schrie Amsel, und ihr Schwänzlein zitterte vor Erregung.

Toni lachte und rief: »Jaaaa! Endlich! Das hat ja ewig gedauert!« Dann stieg er von der Wanne runter und rief einer der Mäuse zu: »Jetzt bist du dran!«

»Der hieß Adolf. Allofs war der Fußballspieler«, flüsterte ich leise und klappte vorsichtig die Klappe zu. Dann sagte ich noch: »Und der hieß Klaus mit Vornamen«, ging in die Küche und goss mir einen doppelten Schnaps ein.

Scharade. Die Katzen spielen mit ihrer Beute Scharade.

Ich rief sogleich beim Peter an. Aber der war nicht daheim.

Vielleicht auch besser so. Ich fürchte, er hätte mir es eh nicht geglaubt.

MACHT WAS!

»Macht doch mal was!«
»Was sollen wir denn machen?«, fragten die Katzen träge.
»Egal, irgendwas!«
Seit mein Verleger gesagt hat: »Mhmm, gar nicht so übel, Ihre Geschichten.« Und: »Überletzte Woche kriege ich mindestens dreißig davon, und zwar flottikarotti! Und: Denken Sie schon mal an einen Nachfolgeband. Vielleicht was mit Hunden«, fällt mir nichts mehr ein.
Also wirklich gar nichts.
Toni und Amsel sind auch keine sonderliche Hilfe: kein Durchfall, keine Streitereien, keine Kunststücke, nichts.
Seit Tagen machen sie nichts anderes als essen, schlafen und Häufchen in Brezelform.
»Und wenn ihr euch mal küsst? Eine gescheite Romantik habe ich noch nicht im Buch ...«
»Ihhhh!«, schrie der Toni.
»Pfuikotzspei!«, rief die Amsel.
»Ach Manno!«, seufzte ich.
»Oder kämpfen? Könntet ihr nicht miteinander kämpfen?«

»Ich bin doch Pazifist, Amanda!«, sagte der Toni krawallig.

»Ich bin doch ein klitzekleines, winzig süßes Kätzchenbaby!«, gurrte lieblich die Amsel.

»Ein Handstand vielleicht? Was das Athletische angeht, schaut's in dem Buch auch schlecht aus«, probierte ich es wieder.

Beide Katzen fielen daraufhin in Ohnmacht und hielten die Luft an.

»Wisst's was? Leckt's mich doch am Arsch! Erfind ich halt was! Schreib ich halt irgendwas, kann ja eh keiner nachprüfen!«

Die Katzen regten sich nicht.

»Diese Geschichten braucht ohnehin kein Mensch! Ist doch völlig egal, ob einer weiß, wer der Toni ist oder diese Katze mit dem bescheuerten Namen!«

»Davon geht die Welt nicht unter!«, setzte ich noch eins drauf.

Die Katzen blinzelten.

»Man braucht ja auch nicht wöchentlich neues Spielzeug«, behauptete ich.

Und, nach einer kleinen Pause: »Wenn die Carrerabahn kaputt ist, ist sie halt kaputt. Und wenn kein Geld da ist zum Reparieren, ist es halt so …«

Die Katzen öffneten die Augen.

»… und wenn man dauernd seine Kettchen verschmeißt, muss man halt mit einem Schuhbandl vorliebnehmen …«

Toni machte einen Purzelbaum.

»… und so ein *Kicker*-Abo, da muss man halt schauen, ob man sich das noch leisten kann …«

Amsel schlug ein Rad.

»... und wer sagt denn überhaupt, dass man fünf Mal am Tag eine Mahlzeit braucht?«

Da fingen der Toni und die Amsel an, sich zu küssen und zu raufen. Sie machten Spagate, sprangen weit und hoch und zitierten Rilke.

Und ich hatte endlich meine Geschichte.

MENSCH ÄRGERE DICH NICHT!

»Eins, zwei, drei und raus bist du!« Toni musste wieder bei null anfangen.

Amsel und ich hatten schon je zwei Männchen heil nach Hause gebracht, und die anderen zwei waren schon im Spiel. Es sah gut aus für uns.

Toni hatte daraufhin drei Sechser, was die Amsel wurmte.

Flugs würfelte sie.

»Eins, zwei, drei, vier – ha, ha! Rausgeschmeißt!«, lachte die Amsel dem Toni dreckig ins Gesicht.

»Das heißt rausgeschmissen, nicht rausgeschmeißt ...«, kommentierte ich.

»Hab ich doch gesagt!«

Und: »Darf ich noch mal, ja?«

»Nein, jetzt bin ich dran.«

Ich würfelte.

Dann würfelte der Toni.

Als sie dann »endlich!« dran war, pfefferte sie den Würfel durch die ganze Wohnung und schrie erst aus dem Schlafzimmer: »Der Wahnsinn! Einen Sechser hab ich da!«, dann aus der Küche:

»Schon wieder ein Sechser! Und« – sie würfelte in der Küche einfach weiter – »noch mal wieder!!!« Und schlussendlich aus dem Badezimmer: »Unglaublich! Ich habe schon *wieder* einen Sechser! Mannometer: I have such lucky!«

Zwischendurch flitzte sie zum Spielbrett, schmiss mich mit links, den Toni mit rechts und schob ihre Spielfiguren gnadenlos in Richtung Häuschen.

Dann war ich wieder dran. »Oh, das tut mir aber leid, Amsel, jetzt bist du draußen!«

»Aber den Toni kannst du auch schmeißen! Den kannst du auch schmeißen!!! Du musst nicht *mich* schmeißen, schau doch!« Und die Amsel zeigte mir, wie ich den Toni ganz leicht hätte schmeißen können, aber ich blieb bei meiner Entscheidung.

Dann war ich wieder dran.

Ich würfelte ganz schnell und ein bisschen verdeckt.

»Eins, drei, vier, fünf, sechs, ojemine, Amsel, jetzt bist du wieder draußen!«

Toni schaute auf und wollte gerade etwas sagen, als ich erklärte: »Ist schon alles in Ordnung, Toni, hat alles seine Richtigkeit.«

Ich würfelte erneut: eine Fünf!

»Huch, auch dein zweites Männlein ist hiermit aus dem Spiel! Was für ein Pech aber auch!«

Amsel furzte.

Toni sagte: »Yeah, take this, Amsel!«

Amsel: »Achtung, gleich habe ich wieder ein Würfelglück! Gleich!«

Ich: »Ab sofort wird am Tisch gewürfelt!«

»Aber wieso? Im Bad hab ich mehr Glück!«

»Weil die Regel besagt, dass man am Tisch würfeln muss.«

Amsel machte ein grässlich wütendes Gesicht.

»Geh, Amsel, das ist doch ein heiteres Familienspiel! Und wenn man mal zufällig verliert, dann geht die Welt nicht unter!«

Toni und ich grinsten.

Da schubste die Amsel das Spielbrett vom Tisch, verschluckte den Würfel und schrie ganz, ganz laut: »Ich pfeife auf diese Familie! Ich scheiß auf alle Familien!«

Dann griff sie sich an den Bauch, wurde etwas grün um die Nase und flitzte zum Kisterl.

Seitdem sind Brettspiele aus unserem Haus verbannt.

WE DON'T BRING YOU BLÄTTERS NO MORE

Früher war alles anders. Wenn ich nach langen Spaziergängen, auf denen ich meist vergeblich einer Inspiration hinterherlief, oder vielleicht auch von kurzen Versorgungseinkäufen nach Hause kam, standen die Katzen Spalier, hielten mir Blättersträuße vom Balkon hin und sangen jubilierend: »Hurra, hurra, die Amanda mit dem roten Haar, hurra, hurra, die Amanda, die ist da!«

In der Früh weckten sie mich mit zarten Küsschen, lieblichen Neckereien und zärtlichem Gekuschel.

Immer bestanden sie auf der gemeinsamen Einnahme von Mahlzeiten, und es störte sie nicht, dass sie dadurch groß und stark wurden, und ich immer dicker und runder.

Beherzt rangelten sie um Platz auf meinem Schoß und machten mir achtlos und großzügig Komplimente (»Alle Achtung, für dein Alter alles wirklich noch tipptopp! Ach, was riechst du immer so fein nach Zigarettenrauch und Schweinshaxe!«).

Des Nachmittags erholten wir uns gemeinsam von all den Geschichten, die ich nicht zustande gebracht hatte, vertrauten einander Geheimnisse an oder erzählten uns lustige Erlebnisse aus der Zeit, als wir uns noch nicht kannten.

An Sonntagen beschenkte ich die Katzen mit selbst geschneiderten Stoffmäusen, selbst geschnitzten Kratzbäumen und selbst gedrechselten Katzenkisterln. Später bekamen sie ein Monopolyspiel, Comics und Karl-Valentin-DVDs.

Sie wiederum dichteten lustige Gschtanzl, banden mir zarte Lorbeerkränze und schüttelten mir die Kissen auf meiner Dichterliege auf, damit ich »noch schöner« denken und schreiben konnte.

Ich schnupperte selig an ihrem Fell, genoss die Mischung aus Katzenschweiß, verrauchter Wohnung und Streusand zwischen ihren Pfoten. Ihren Atem, fleischlastig und zugleich milchig, liebte ich sehr.

Wenn ich von ihnen getrennt war, sei's aus beruflichen Gründen oder privaten, so brauchte ich mich nur an ihren Geruch zu erinnern, und sofort überkamen mich Gefühle von Heimat, Glück und Liebe.

Heute ist das anders.

Wenn ich ihnen in der Früh vergnügt »Guten Morgen, ihr Lieblinge!« zurufe, dann macht die Amsel bloß »Mpf«, dreht sich um und schläft weiter.

Der Toni sagt: »Bäh! Du hast Mundgeruch!«

Zum Duschen begleitet er mich schon lange nicht mehr.

Die Amsel betritt das Bad grundsätzlich erst, nachdem ich stundenlang gelüftet habe.

Essen tun wir auch nicht mehr gemeinsam; sie sitzen vor dem Fernseher, ich esse in der Küche. Sie finden, dass ich schmatze.

Wenn ich heute nach Hause komme, machen sie sich nicht einmal mehr die Mühe, mich zu begrüßen. Allerhöchstens höre ich ein »Na, auch wieder da?«. Oder: »Huch! Schon zurück! Du bist doch gerade erst weg?«

Wenn ich ihnen heute ein Geschenk mache, dann sagen sie gelangweilt: »Ein selbst gedichtetes Gedicht? Ein selbst gebastelter Vogel? Wie schön!« Und stopfen es ins Regal oder schmeißen es gleich zum Altpapier.

Gestern Abend saß ich traurig auf dem Sofa und sinnierte still vor mich hin. Wie hatte das nur einschleichen können? Diese Gleichgültigkeit? Diese Entfremdung?

Da entdeckten mich die Katzen in meiner Traurigkeit.

»Was ist denn jetzt schon wieder los?«, fragte der Toni.

Und die Amsel ergänzte: »Was hast du denn nun schon wieder?«

Und da brach es aus mir heraus, und ich weinte und erzählte und schloss mit dem Satz: »Und Blätter bringt ihr mir auch nicht mehr!«

Da lachte die Amsel genervt, sang: »Wi dooont bring yu blätters noo mooor!«, und gackerte wie verrückt. Der Toni stimmte ein, und gemeinsam brüllten sie feixend: »Wiiii dooont bringgg yuuuuuu blääääättteeeeeers änimooor!«

Dann gingen sie in ihr Zimmer.

Sie waren schon durch die Tür, als der Toni sich noch einmal umdrehte und bemerkte: »That's life, babe! Better get used to it!«

Da musste die Amsel so lachen, dass sie aufs Parkett bieselte.

Ich schluckte meine Tränen hinunter und rief den Peter an. Aber der war wieder nicht daheim.

PRIORITÄTEN

Ich musste fort, drei Tage Leipziger Buchmesse. Peter hatte versprochen, die Katzen zu versorgen.

Für alle Fälle hatte ich in der Nacht vor der Abfahrt die gesamte Wohnung mit Abhörwanzen versehen und die dazu passende App auf mein Handy geladen.

In der Trambahn zum Bahnhof aktivierte ich sie zum ersten Mal.

Meine Wohnung war voller Jubel, Sektkorken knallten, ohrenzerschmetternd laut ertönte *Tristan und Isolde* und ab und an hörte ich ein »Herrlich!« und »Hurra!«.

Kurz nach Nürnberg tanzten die Katzen zu Billie Holiday, Chipstüten knisterten im Hintergrund.

Bei Lichtenfels wurden Möbel verschoben, etwas ging zu Bruch.

»So sieht es irgendwie viel einladender aus, oder?«, hörte ich Toni sagen.

»Und das Service hat sie eh nie benutzt, gell?«, piepste die Amsel im Hintergrund.

Kurz vor Leipzig hörte ich, wie in der Wohnung mein Anrufbeantworter ansprang: »Peter hier, ich kann jetzt doch nicht kommen. Die Ulla ... Aber ihr wisst ja eh, wo alles ist.«

Ich rief sofort den Peter an. Der ging nicht hin.

Die Ulla auch nicht.

In Leipzig angekommen hatte ich ein mehrstündiges Gespräch mit meinem Lektor.

Danach hakte die App.

Ich hörte nur noch Gesprächsfetzen: »... viel Platz auf einmal in der Wohnung ist! ... Wahnsinn!« »... groß ... sehr ...« »... fast unheimlich ...« »... Hunger ...« »... Dose da ...« »... nicht auf ...« »... Wasserhahn ... klemmt ...«

Dann hatte ich eine Lesung.

Sie dauerte eine halbe Stunde. Ich verlas mich vierundzwanzig Mal.

Ich rief bei den Katzen an. Aber die Leitung war tot.

Dann musste ich zu einem Sektempfang meines Verlages. Ich trank fünf Gläser Sekt auf ex und versuchte, die App neu zu starten: vergeblich, der Empfang blieb elendig.

»... mir ... ganz komisch von den Chips ...« (Würggeräusche).

»... im März ... noch so früh dunkel ...« (Lichtschaltergeräusche).

»Hallo? Hallo? Ist da wer?! ... Toni da ... wer!« (Rascheln von Bettdecken, Aufprallen von Baseballschlägern, Zähneklappern).

Vor lauter Verzweiflung küsste ich aus Versehen mehrere Bestseller-Autoren von der Konkurrenz.

Nach zwei weiteren Gläsern Sekt musste ich feststellen, dass mein Handy-Akku leer war.

Und dass ich mein Ladekabel vergessen hatte.

Da traf ich eine Entscheidung. Ich nahm ein Taxi zum Flughafen.

Die Maschine nach München war voll.

Ich bestach die hässlichste Dame am Schalter mit meinem letzten Geld und den schönsten Komplimenten.

Um 22 Uhr 15 landete ich in München.

Um 23 Uhr 04 flitzte ich, so schnell ich konnte, die Treppe hinauf in den fünften Stock der Utzschneiderstraße 5.

Bis Viertel nach zwei tröstete ich zwei völlig verstörte Katzen, räumte die Wohnung auf und wieder um und löschte nach und nach die Lichter.

Am nächsten Morgen, Amsel und Toni lagen noch schlafend in meinen Armen, kündigte mir mein Verlag per SMS.

Es war mir egal. Manchmal muss man im Leben einfach Prioritäten setzen.

Und mit dem Peter red ich kein Wort mehr.

SICHER? SICHER!

»Sie sind sich da ganz sicher?«
»Ja, das bin ich.«
Das Lokal war schon fast leer, die Gläser ebenfalls und die Kellner deckten die ersten Tische ab.
»Das ist schade.«
Ja, in der Tat.
Ich stocherte lustlos in meinem Dessert. So eine Allergie, wer hätte das ahnen können ...
»Besonders die Atemnot ist grässlich«, sagte die Dame.
»Das war Ihnen anzusehen«, meinte ich.
Die Dame nahm noch einen Schluck Rotwein und fasste sich dann ein Herz: »Wir passen wirklich sehr gut zusammen, finden Sie nicht auch?«
Ihre Stimme zitterte etwas an dieser Stelle, und ich nahm vorsichtig ihre schöne Hand in die meine.
»Unbestritten!«
Und ich hielt sie noch etwas fester und zupfte ihr mit der anderen Hand eine Träne aus den Wimpern.
»Und die Vorstellung, Ihre Katzen ...«

»… Sie meinen meinen Toni und mein Amselchen …«

»… also Amsel und Anton eventuell« – jetzt schluckte sie – »in gute Hände, also, in andere Hände als die Ihren …«, sie suchte verzweifelt nach nicht verletzenden Worten, »umzusiedeln? Vielleicht«, und damit wollte sie wohl die Wucht dieser Frage etwas abschwächen, »in ein Daheim mit Garten?«

Ich dachte an Tonis Angst vor dem provinziellen Münchner Umland, dem »S-Bahn-Nirwana«, wie er es abschätzig nannte.

»Sie haben doch diesen reizenden Freund, diesen Herrn Peter.«

Ich dachte an Peter. Der war seit zwei Wochen trocken. Dem würde so schnell keine Alkoholikerin ins Haus kommen.

»Nein, gnädige Frau, das ist nicht möglich.«

»Oder zu einem lieben Menschen mit mehr Quadratmetern? Vielleicht an der Isar, mit Blick auf den Fluss?«

Nun wurde die Stimme der Dame vehementer, und ich zog meine Hand etwas zurück.

Ich dachte an meinen Kater mit seiner Lust am Kettchenspielen und wie seine Kettchen auf so vielen Quadratmetern allesamt verschludert werden, verschwinden und sich in Luft auflösen würden.

Und wie die Amsel von dem gentrifizierten Pack vielleicht angesteckt und am Ende den billigen Bauernschnaps gegen französischen Schampus austauschen würde.

»Meine Entscheidung ist gefallen, gnädige Frau. Es tut mir wirklich leid.«

Da nahm die Dame einen letzten Schluck aus dem Glas, bestellte die Rechnung, die ich selbstredend übernahm, und meinte abschließend: »Es bleibt also nur die Trennung?«

»Ich fürchte, darauf wird es hinauslaufen.«

Dann ließen wir uns unsere Mäntel bringen und verließen das Lokal.

Wir gingen noch ein kleines Stück Weg gemeinsam, dann verabschiedeten wir uns.

IRREPARABEL

»Ich glaub, die Amsel ist kaputt«, meinte der Toni eines sonnigen Morgens zu mir.

»Geh, Toni, du hysterisierst, die ist noch nicht einmal ein halbes Jahr alt, die ist noch pfenninggut!«

»Nein, das ist sie nicht!«

Aber die ist doch noch ganz neu!, dachte ich mir, stand aber doch schwerknochig auf, ging ins Katzenzimmer und kraxelte auf das Hochbett.

»Hallo, Amsel!«

»Amsel?«

»Hallo?«

Die Amsel sagte nichts, sie öffnete nur schwach ihre stark verklebten Augen, drehte sich auf ihren birnenförmigen Bauch und furzte.

»Toni!«, schrie ich. »Pack der Amsel einen kleinen Koffer, nur das Nötigste. Sofort! Die muss ins Hospital!«

Er packte eiligst einen kleinen roten Koffer und tat ein Herkunftswörterbuch, ein zerzupftes Pflaster und zwei gerahmte Fotografien von sich hinein.

Dann klaute ich ein Auto und fuhr zur Tierklinik nach Schwabing.

Wir kamen am Viktualienmarkt vorbei.

»Schau, Amsel, die schönen Blumen! Und Brote! Und Würschtel!«

Amsel nickte schwach und blinzelte in die Sonne.

»Und schau doch, Amsel, das Isartor! Und die schöne Ludwigsstraße!«

Amsel nieste.

Und etwas später: »Und hier, die schöne Münchner Universität!«

Amsel rülpste.

»Und am allerschönsten und nur für dich: der schöne Englische Garten und das fröhliche Bächlein!«

Amsel reagierte nicht.

Eine Ärztin kam, besah sich die Amsel, schüttelte den Kopf, runzelte die Stirn und meinte:

»Die Katze ist völlig hinüber. Irreparabel.«

Da nahm ich die Amsel auf meinen Arm und flüsterte zur Ärztin hin: »Aber die ist doch fast ganz neu!«

Die Ärztin schwieg.

»Ich meine«, stotterte ich hilflos, »ich meine, jetzt ist doch gleich Sommer! Die Katze kennt doch keinen Sommer nicht, die kann doch nicht ... Ich hab ihr doch einen Sommer versprochen! Ich habe den versprochen!!! Ich ...«

Allein, es half nichts.

Dann bekam sie eine Spritze, ihr Köpflein wurde schwer und schwerer und ihr Herzlein hörte auf zu schlagen.

Und ich weinte und weinte.

Und als sie ganz tot war, hatte sie ein letztes Mal Durchfall.

Ich meinte, sie kurz lachen zu hören, und ich lachte noch kürzer mit. War es also doch immer sie gewesen.

Ich putzte sie ein letztes Mal.

Dann öffnete ich das Fenster, gab ihr einen zarten Kuss, hielt sie in den blauen Frühlingshimmel und flüsterte: Flieg, Amsel, flieg!

DER SONNENKÖNIG

»Du, seit diese andere Katze nimmer da ist ...«

»Die Katze hatte einen Namen, sie hieß Amsel Amelia Adelgunda Astralia Allerheiliga.« (Seit die Amsel tot ist, denk ich mir jeden Tag einen schönen Namen für sie aus. Zu Wiedergutmachung, der vergeblichen.)

»Ja, ja, egal. Auf jeden Fall bist du immer so trübsinnig. Richtig alt schaust du aus, wenn du so verheult bist.«

Und er fügte noch an: »Und schreiben tust du auch nix mehr.«

»Ich bin in Trauer, Toni!«

»Aber wir hatten es doch früher auch schön!«

Er wartete einen Moment.

»Also eigentlich sehr schön, wie wir nur zu zweit waren!« Und dabei legte Toni seinen Kopf etwas schief und schaute so entsetzlich gescheit, dass es mir ganz angst und bange wurde und ich an unsere schreckliche Anfangszeit denken musste.

Der Kater hingegen deutete mein Schweigen als Zustimmung.

»Gell? Jetzt erinnerst du dich wieder. Anyway, schreib halt einfach was über mich!«

»Mir«, setzte er noch nach, »würden ja tausend Geschichten

über mich einfallen. Also, nur so zum Beispiel – magst du nicht Stift und Papier holen? –, wie ich neulich so schön das Gedicht *Die Glocke* aufgesagt habe.«

»Ich konnte Schiller noch nie leiden.«

Toni ignorierte meinen Einwand. »Oder wie ich so tapfer mit dem Fuchs gekämpft habe ...«

»Redest du von dem mickrigen Fuchsschwanzschlüsselanhänger?«

Toni blieb unbeirrt. »Oder wie ich neulich deine Taufkette unter größten Mühen und nach langer Suche ...«

»... aus deinem Schmuckdepot unterm Sofa hervorgeholt hast und albern ›Trara trara!‹ geschrien hast? Ja, meinst du vielleicht das, lieber Toni?«

»Oder wie ich wie ein Weltmeister zwanzig Bahnen in zwei Sekunden in der Badewanne ...«

»... und dabei immer ›Amanda! Amanda! Hilfehilfe! Ich ertrinke!‹ geplärrt hast?«

Toni hielt inne und schaute mich an. »So denkst du also über mich?«

Ich schwieg.

»Ich wünschte, *ich* wäre tot!«

Dann schwiegen wir beide.

»Geh, Toni ...«

»Doch!«

»Dann wüsstest du endlich, was du an mir hast!«

Der Kater war schier grün vor Unglück.

»Toni?«

»…«
»Toni?«
»Ja?«, kam es gepresst aus seinem Mund.
»Ohne dich möcht ich dann gleich gar nimmer leben.«

Darauf weinte der Kater Tränen der Freude und des Glücks, und ich wusste, ich muss demnächst zur Beichte.

So schrecklich gelogen hatte ich schon lange nicht mehr.

MEANWHILE IN HEAVEN ...

»Sie?«
»Hallo?«
Der alte Mann hörte nicht.
Amsel rief lauter: »Hallo, Sie, du da!!!«
Der Mann hörte immer noch nicht, sondern blätterte in einem Buch.
»Du da! Kruzifix, Herr Lieber Gott, hörst du mich?!«
»Huch!«, sagte da der liebe Herrgott. »Der kleine Neuzugang aus der Utzschneiderstraße!«
»Ja, der bin ich!«, sagte die Amsel stolz. Und: »Ich möcht jetzt wieder gehen.«
»Wie meinen?«, fragte der liebe Herrgott etwas irritiert nach.
»Ja, ich wollt dir nur sagen, dass ich jetzt wieder geh.«
Und weil die Amsel keine unhöfliche Katze war, sagte sie noch: »Aber danke für deine Gastfreundschaft.«
Der liebe Herrgott schaute fragend.
Da trat sie näher. »Es ist alles nämlich wieder gut, schau doch!«
Und die kleine Amsel drehte sich und tänzelte vor dem lieben Herrgott. Sie zeigte ihm ihre Augen – klar wie Isarwasser –, ihren

Bauch – schlank wie ein Wiener Würschtel – und sie machte einen kleinen Haufen, hart wie Stahl und dunkel wie die Nacht.

Der liebe Herrgott tat beeindruckt.

»So, und jetzt, wo ich wieder in tipptopper Form bin, würd ich halt gern entlassen werden.«

Da sprach der liebe Herrgott: »Aber, aber, mein Kind, gefällt es dir denn hier nicht?«

Amsel blinzelte in das stechend helle Weiß der Wolken, atmete die dünne himmlische Luft ein und versuchte verzweifelt, das ständige Hosianna-Geplärr der vielen Engel auszublenden.

»Nein!«

»Das ist bedauerlich«, meinte der liebe Herrgott. »Weil, einmal hier, kommt man nimmer weg.«

»Das ist nicht Ihr Ernst?«, hauchte die Amsel entsetzt und starrte in das faltige Gesicht des alten Mannes.

»Es ist leider so«, erwiderte der und wollte sich wieder seiner Lektüre zuwenden.

»Aber ich will wieder heim! Zur Amanda und zum Toni!«, weinte die Amsel.

Der liebe Herrgott schüttelte nur den Kopf.

»Ja, und wie seh ich die dann wieder?«

»Du musst geduldig sein und warten.«

»Bis die auch hierhermüssen?«

»So schaut es aus.«

Und der liebe Herrgott schlug sein Buch wieder auf und las sich weiter durch die Neuzugänge der letzten Nacht.

Die Amsel aber setzte sich auf die nächstbeste Wolke, schaute

mit verweinten Augen nach unten und dachte laut: »Sterbt endlich! Sterbt doch endlich! Toni! Amanda! Ihr müsst sterben!«
Aber niemand erhörte sie.

Seit ihrem Tod hatte die Amsel jetzt schon fünf Mäusen die Schwänze unauflösbar verknotet, 24 Engeln das Flügelkleid zerfetzt und dem lieben Herrgott mehrfach in den Po gezwickt.

Umsonst.

Der liebe Herrgott blieb hartnäckig.

EIN HAPPY END

Es war Sommer. Der liebe Herrgott und sein Spezl Petrus lagen versteckt hinter einem Berg aus schwarzblauen Gewitterwolken und schauten versonnen auf die Erde hinab.

Als ein Tsunami halb Bangladesch verschluckte, rief Petrus gut gelaunt: »Treffer, versenkt!«

Der liebe Herrgott aber, der Naturkatastrophen eigentlich auch sehr mochte, wurde auf einmal betrübt und betete für die Toten ein schnelles Vaterunser zu sich selbst.

Petrus merkte, dass den lieben Herrgott etwas bedrückte.

»Es ist wegen dieser Katze, gell?«, sagte er.

»Hm«, grummelte der liebe Herrgott.

»Schmeißt du sie halt wieder raus. Ich meine, wer könnte es dir verbieten?«

»Meinst du?« Nachdenklich nahm der liebe Herrgott die wettergegerbte Hand des Petrus in seine alabasterzarte. »Sollen wir sie ziehen lassen?«

»Unbedingt!«, bestärkte ihn Petrus, der ein ausgesprochener Hundemensch war und Katzen ohnehin nicht leiden konnte.

»Dann wollen wir es so halten, Petrus!«

Auf einmal strahlte der liebe Herrgott übers ganze Gesicht, denn ihm war eine gute Idee gekommen.

»Weißt du was, Petrus? Zur Strafe für die ganzen Scherereien schicken wir die Katze als Amsel wieder hinunter!«, sagte der liebe Herrgott.

»Und zwar nach Niederbayern!«, schlug der Petrus vor, der Niederbayern fast noch weniger leiden konnte als Katzen.

Erleichtert und herzlich lachend fielen sich die beiden Freunde um den Hals. Endlich war das Problem mit dieser lästigen Katze gelöst!

Während eine Feuersbrunst halb Kalifornien abfackelte – der liebe Herrgott hatte sie, einer alten Gewohnheit folgend, unbedacht losgetreten –, setzten sie die Amsel an der Passauer Stadthalle aus.

Aber die Amsel – jetzt eine Amsel – war nicht blöd: Postwendend ließ sie sich auf dem Dach des nächsten Bummelzugs nach München nieder, suchte sich am Hauptbahnhof eine 16er-Tram zum Reichenbachplatz und flog neben ihr her, bis sie schließlich das Haus in der Utzschneiderstraße 5 entdeckt hatte.

Seitdem schwirrt, flattert und schwebt sie frohlockend vor den Fenstern von Toni und Amanda.

Und wann immer Amanda die Amsel sieht, freut sie sich und ruft: »Toni, schau doch, eine Amsel!«

Dann kommt sofort der Toni angerannt, hüpft der Amanda auf die Schulter, und beide schauen gemeinsam der Amsel zu.

Ganz so wie früher.

Also fast.

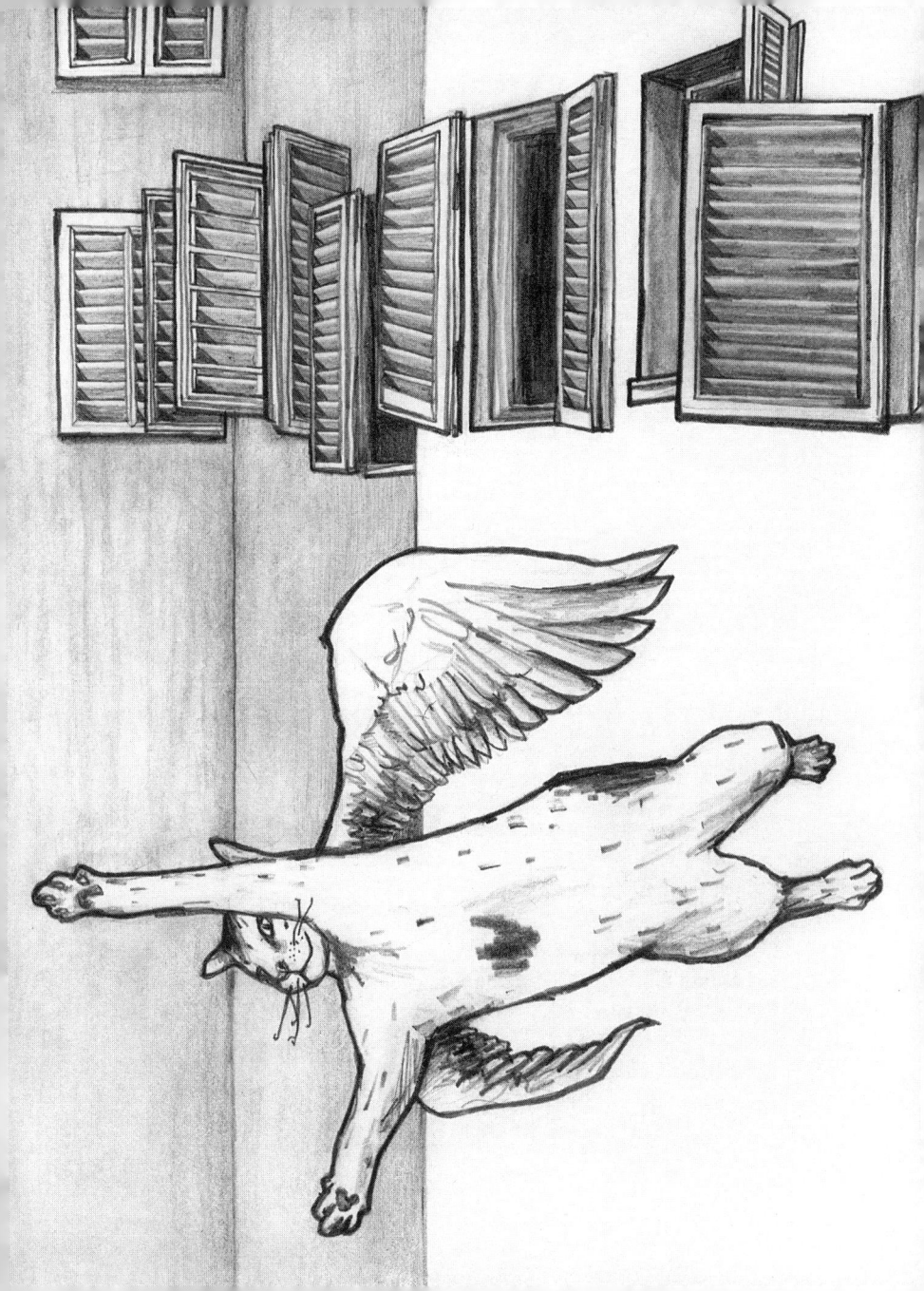

ISBN 978-3-7160-2752-3

1. Auflage 2016
Originalausgabe
© 2016 by Arche Literatur Verlag AG, Zürich-Hamburg
Lektorat: Uta Rupprecht
© Illustrationen: Becky Pozzan
Alle Rechte vorbehalten
Gesetzt aus der Utopia Std
Druck und Bindung: GGP Media GmbH, Pößneck
Printed in Germany

www.arche-verlag.com
www.facebook.com/ArcheVerlag

»Remco Campert ist ein wahres Bijou gelungen, voller Witz und Ironie.«

Lucie Machac, *Berner Zeitung*

DIE KLEINEN BÜCHER DER ARCHE
Remco Campert
Tagebuch einer Katze
Erzählung
Neuausgabe
Aus dem Niederländischen von
Marianne Holberg
80 Seiten
Gebunden
10,00 € [D] / 10,30 € [A]
ISBN 978-3-7160-2735-6

Remco Camperts berühmte Liebeserklärung an seine eigene Katze – der erfolgreiche Klassiker in einer schön gestalteten Geschenkausgabe.

»Linda Benedikts Buch ist das subtile Porträt einer Frau, die zur Misanthropin geworden ist, weil sie sich selbst nicht mehr ertragen kann.«

Christoph Schröder, KULTURSPIEGEL

Linda Benedikt
Der Rest ihres Lebens
Roman
Originalausgabe
224 Seiten
Gebunden mit Schutzumschlag
18,99 € [D] / 19,60 € [A]
ISBN 978-3-7160-2732-5

Mit Mut und feinem literarischen Gespür erzählt Linda Benedikt von der Angst vor dem eigenen Leben und der Einsamkeit des Älterwerdens.

Früh übt sich, wer ein Schriftsteller werden will ...

Wenn ich groß bin, werd ich Dichter
Frühe Texte bekannter Autoren
Herausgegeben von Florian Werner
Originalausgabe
256 Seiten
Gebunden
16,99 € [D] / 17,50 € [A]
ISBN 978-3-7160-2733-2

33 erfolgreiche deutschsprachige Gegenwartsautoren präsentieren und kommentieren ihre ersten Schreibversuche aus Kinder- und Jugendtagen.

Mit Kinderfotografien und Faksimile-Seiten

Ob Venedig oder Kvaløya, Sizilien oder das Badeinsel, ob Sportplatz oder Bauernhof – so ein Inselbuch gab es noch nie.

Isabel Bogdan · Anne von Canal (Hg.)
Irgendwo ins grüne Meer
Geschichten von Inseln
Originalausgabe
240 Seiten
Gebunden mit Schutzumschlag
14,99 € [D] / 15,50 € [A]
ISBN 978-3-7160-2743-1

Jeder braucht eine Insel: 16 Originalerzählungen von Thommie Bayer, Zoë Beck, Isabel Bogdan, Maximilian Buddenbohm, Anne von Canal, Heikko Deutschmann, Verena Güntner, Uwe Kolbe, Susann Pásztor, Thomas Pletzinger, Harry Rowohlt, Tex Rubinowitz, Frank Schulz, Katrin Seddig, Clemens J. Setz und Pia Ziefle.